KB241942

Color
Image
Tuning

Color
Image
Tuning

옷을 벗고 색을 입자

Color Image Tuning
second edition

Color Image Tuning second edition

옷을 벗고 색을 입자

2011년   9월 14일   초판 1쇄 인쇄
2014년   5월 29일   개정판 1쇄 인쇄
2015년 11월 11일 개정2판 1쇄 발행

지은이 | 황정선
펴낸이 | 윤정희
펴낸곳 | ㈜황금부엉이

주소 | 서울시 마포구 양화로 127 (서교동) 첨단빌딩 5층
전화 | 02-338-9151
팩스 | 02-338-9155
인터넷 홈페이지 | www.goldenowl.co.kr
출판등록 | 2002년 10월 30일 제 10-2494호

본부장 | 홍종훈
편집 | 조연곤, 주경숙
표지, 본문 디자인 | 이미지공작소(02-3474-8192)
전략마케팅 | 구본철, 차정욱, 나진호, 이동후, 강호묵
제작 | 김유석

ISBN 978-89-6030-440-6 13810

이 책에서는 독자들의 쉬운 이해를 돕기 위해 '베이직', '터쿼이즈' 라는 단어를 사용하였습니다.
그러나 외래어 표기법에 의한 바른 표기는 베이식(basic), 튀르쿠아즈(turquoise) 임을 알려드립니다.

이 책은 2011년 출간 된 〈컬러 스타일북〉의 내용을 보강하고 표지를 변경한 2차 개정판입니다.

옷을 벗고 색을 입자

황 정 선 지음

BM 황금부엉이

낯선 누군가를 평가해야 할 때 그 사람이 입고 있는 옷차림은 분명 중요한 판단 기준이 된다. 옷은 나를 표현하는 수단인 동시에 타인이 나를 평가하는 기준이 되기도 하는 것이다. 요즘은 옷이 단순히 멋 내기 수단 이상의 의미를 지니고 있다는 것을 알아서인지 "어떡하면 옷을 잘 입을 수 있나요?"라는 질문을 자주 받는다. 옷을 잘 입는다는 것이 이렇게 어렵게 느껴지는 것은 옷차림에서 가장 중요한 작용을 하는 것이 무엇인지, 그리고 그것을 어떻게 습득해야 하는지를 모르기 때문이다. 우리가 옷을 입을 때 가장 어렵게 느끼면서도 가장 중요한 변수가 되는 것은 다름 아닌 색이다. 색이 조금만 달라져도 옷의 분위기는 완전히 달라진다. 따라서 옷을 잘 입고 싶다면 반드시 색을 먼저 이해해야 한다.

옷을 잘 입는 사람들의 비결은 자신에게 어울리는 색을 찾아 연출하는 '컬러 매치'에 있다. 멋진 컬러 매치는 최신 유행하는 아이템이나 특별한 디자인이 없어도 전체적인 스타일에 생동감을 불어넣는다. 블라우스와 스커트, 또는 넥타이와 셔츠의 색상을 감각 있게 잘 매치할 줄 알고, 자신에게 어울리는 색상을 골라 입을 줄 아는 안목에 의해 옷을 잘 입는다는 문제가 결정된다. 누구보다 잘 생긴 남자가 어딘지 모르게 촌스럽고 왜소해 보이며 그다지 신뢰감이 들지 않았던 이유, 반대로 이목구비에 별다른 특징이 없는 그녀가 늘 패셔니스타라는 칭송을 받는 이유 역시 마찬가지이다. 어울리는 색상이 얼굴 가까이에 있으면 눈빛이 반짝이고 피부 톤이 깨끗해 보이며, 눈동자와 모발 색이 생생하게 살아나기 때문에 젊어 보이는 건강한 이미지를 연출할 수 있다.

독특한 것을 좋아하는 성격과 타인의 시선을 많이 받는 직업 탓에 나의 20대는 상황을 고려하지 않은 유행 색과 눈에 띄는 좋아하는 색의 옷들로만 옷장을 가득 채웠었다. 돌이켜 보면 얼굴이 뜨끈해지는 컬러 테러리스트(?)였던 시절이었다. 하지만 어울리는 색을 체계적으로 공부한 후부터는 예뻐졌다는 칭찬을 많이 들었을 뿐만 아니라, 그로 인해 생긴 자신감과 당당함은 라이프 스타일에도 많은 영향을 가져다주었다. 그 누구보다 나 스스로 어울리는 색을 찾음으로써 얻은 게 많다 보니 여러 기업체에서 강의를 할 때도 어울리는 색을 찾는 게 무엇보다 중요하다고 힘주어 말할 때가 많은 것이 사실이다.

자신에게 어울리는 색을 찾는 가장 좋은 방법은 1:1로 진단 천을 얼굴에 대보면서 색상에 따른 개인의 피부색과 얼굴 형태의 변화를 객관적으로 관찰하고 분석하여 어울리는 색과 이미지를 찾는 것이다. 하지만 바쁜 현대인들에게 개인 컨설팅을 받는다는 것은 생각만큼 쉽지 않다. 이 책은 좀처럼 퍼스널 컬러나 이미지 진단을 받을 시간이 없는 바쁜 사람들을 위해서 간단하게나마 자기 색과 자기 이미지를 알 수 있는 방법을 전해 주고 싶다는 생각에서 쓰기 시작했다. 예뻐 보이기 위해 성형수술이나 피부 시술을 고려하기 전에 자신에게 어울리는 색부터 찾아보자. 자신에게 어울리는 색은 개인의 신체 고유색에 따라 달라지며, 이를 어떻게 활용하느냐에 따라 외모에 대한 전반적인 이미지가 형성된다. 이때 형성된 긍정적인 이미지는 상대방에게 호감을 줄 수 있을 뿐만 아니라 자신의 가치를 상승시켜 사회생활에서 자신감을 향상시키고 능력을 발휘할 수 있는 수단이 될 수 있으므로 멋쟁이의 숨겨진 비결은 다름 아닌 자신에게 어울리는 색이었던 것이다. 그런 이유에서 이 책에서는 자신에게 어울리는 색을 '시크릿 컬러'라 부르고 있다. 자신만의 시크릿 컬러를 먼저 찾아보자. 보다 쉽게 찾을 수 있도록 '시크릿 컬러 셀프 체크시트'와 옷이나 화장품 등을 사러 갈 때 가져가면 편리한 '시크릿 컬러 팔레트'도 부록으로 실어 놓았다. 분명 자기만의 색과 이미지로 개성과 장점을 부각시켜 상대에게 긍정적 이미지를 전달하고, 나만의 매력을 보여 줄 수 있는 스타일을 창조할 수 있을 것이다. 당신의 손에 쥐어진 이 한 권의 책이 당신의 컬러 멘토가 되어 당신의 인생을 바꿔 줄 것을 확신한다.

황정선

STEP1 Basic Color

Advanced Color  STEP2

STEP3 ⋯⋯⋯ Secret Color

Fashion Color

STEP4

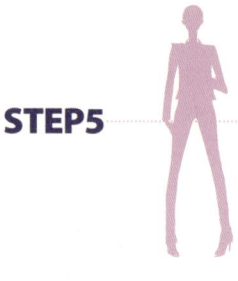

STEP5 ⋯⋯⋯ Beauty Color

Makeup Color

Hair Color

Image Color ···· STEP6

Men's Color ···· STEP7

Basic Color

옷을 벗고 색을 입자

원리를 알아야 색이 보인다

색을 알려면 색상부터 알아야 한다

컬러감은 명도에서 나온다

시크함은 채도에서 나온다

이미지는 톤에서 결정된다

색이 곧 메시지다

주의를 끌거나 강조하고 싶을 때는 단연 빨강이다

창조적으로 보이고 싶다면 주황을 사용한다

새로움과 흥분, 즐거움과 놀라움은 노랑에서 나온다

인내심, 근면함은 초록에서 드러난다

모두에게 인정받고 싶다면 파랑을 사용한다

호화롭고 풍족하며 고가의 분위기는 보라가 연출해 준다

따뜻함과 섬세함, 여성스러움은 핑크를 따라갈 수 없다

자연과 대지의 이미지는 갈색으로 표현한다

흰색은 순수하고 청결한 이미지를 나타낸다

보수적이면서 깔끔한 이미지라면 회색이다

권력과 지배, 우아함과 기품은 검정에서 드러난다

흔하디 흔한 블랙? 당신을 특별하게 만들 블랙 연출법

옷을 벗고 색을 입자

우리는 누군가 낯선 타인을 만났을 때 일단 눈에 보이는 겉모습으로 상대방을 평가한다. 이때 옷차림은 그 사람을 판단할 때 외모와 아울러 중요한 단서가 된다. 옷은 색, 디자인, 소재 등 여러 가지 구성요소로 이루어지는데, 그중 옷 색깔은 가장 먼저 눈에 띄는 두드러진 단서로서 첫인상에 막대한 영향을 미친다. 디자인에 앞서 색에 대해 먼저 알아야 하는 이유이기도 하다. 주위에서 패셔니스타로 불리는 사람들을 자세히 관찰해 보면 색을 자유자재로 쓸 줄 아는 사람들이 대부분이다. 우리도 색만 잘 쓸 줄 알게 된다면 보다 멋지게 자신을 표현할 수 있다.

아침마다 옷장에서 옷을 꺼내 입을 때나 쇼핑몰에서 옷을 살 때 가
장 고민해야 하는 것도 다름 아닌 색이다. 색이 조금만 달라져도 옷
의 분위기가 완전히 달라지는데, 컬러 매치가 이상하면 촌스럽게
보이지만 컬러 매치가 잘 되면 순식간에 패셔니스타로 보인다. 따
라서 매력적인 첫인상을 원한다면 무엇보다 색을 이해하고, 색을
가지고 놀 수 있는 경지에 올라야 한다. 촌스러움과 패셔니스타를
가르는 기준이 되니 말이다.

원리를 알아야 색이 보인다

타고난 색감이 없다는 이유로 일 년 내내 같은 색의 옷만 고집하는 사람들이 있다. 이들은 자신만의 색깔이 무엇인지 깊이 고민한 적이 없기 때문에 늘 옷을 고르는 일에 자신이 없고, 변화를 시도하기 힘들며, 멋을 내는 일에 소심한 편이다. 반대로 감각만으로 옷 색깔을 맞추어 입는 사람들은 터무니없는 과감한 시도로 어딘가 어색해 보이곤 한다. 물론 어쩌다가 한두 번은 딱 들어맞을 수도 있겠지만 색은 계절이나 유행, 디자인의 변화에 따라 다양하게 표현되어야 하며, 타고난 감각 하나만 믿고서 연출하면 실패할 확률이 높아진다는 얘기다. 색은 타고난 감각이 아니라 논리에 의해 작용하는 것이기 때문이다.

색을 알기 위해 필요한 것은 예전에 미술 교과서에서 본 적이 있는 색상, 명도, 채도라는 색의 3속성과 톤(tone)뿐이다. 이 기본 원리만 이해해도 타고난 색감을 원망하는 일 없이 트렌드에 뒤떨어지지 않을 수 있다. 원하는 이미지가 생겼을 때 어떤 색의 옷을 입어야 할지 바로 알고, 자유자재로 색을 다룰 수 있다면 얼마나 기분 좋을까? 그 첫 번째 방법으로 지금부터 색의 원리를 하나하나 알아볼 텐데 다소 지루할 수도 있겠지만 꼭 참고 따라가 보자. 중요한 것은 각 개념을 이해하는 것이다.

색을 알려면 색상부터 알아야 한다

색상(hue)이란 빨강, 노랑, 파랑 등의 색깔을 말한다. 서로의 색을 다른 색과 구별하여 나타낸 것으로, 우리가 색을 볼 때 가장 먼저 눈에 들어오는 게 바로 이 색상이다. 그래서 옷 색깔을 맞춰 입을 때도 색상은 중요한 기준이 된다. 이 색상을 둥글게 배열한 것을 '색상환(hue circle)'이라고 하는데 이 색상환의 원리와 구조를 알면 능숙하게 색을 사용할 수 있으므로 꼭 기억해 두도록 하자.

우리가 잘 아는 삼원색인 빨강, 파랑, 노랑 정확히는 마젠타(magenta), 시안(cyan), 옐로(yellow) 중 두 색을 섞어서 만들어지는 색을 '순색'이라고 한다. 빨강과 파랑을 섞으면 보라가 되고, 파랑과 노랑을 섞으면 초록이 되는 식이다. 이런 순색을 삼원색 사이

Hue

사이에 넣어 주면 색의 연결이 좀 더 부드러워지고 더 다양한 색들을 만들 수 있는데, 이렇게 만들어진 색의 둥근 띠를 색상환이라고 한다. 이때 검정, 회색, 흰색처럼 색을 가지지 않은 무채색은 색상환에 포함되지 않는다.

색상환을 꼭 기억해야 하는 이유는 옷을 입을 때 단색이 지니는 이미지보다 배색에 따른 이미지가 중요하기 때문이다. 어떤 색을 선택할까 고민될 때 색상환에 보이는 색의 관계들을 머릿속에 넣고 있으면 남들이 쉽게 도전하지 못하는 색까지도 자신감을 가지고 멋지게 소화할 수 있기 때문에 스타일링에 다양한 변화를 줄 수 있다.

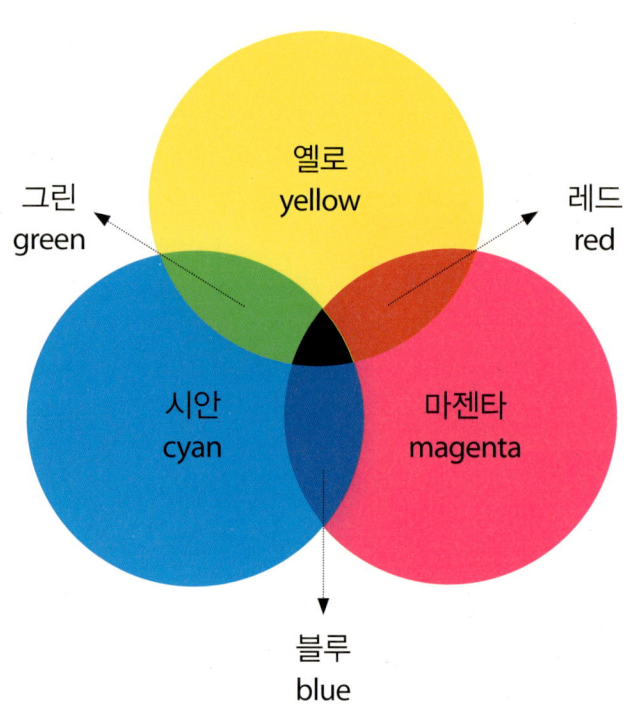

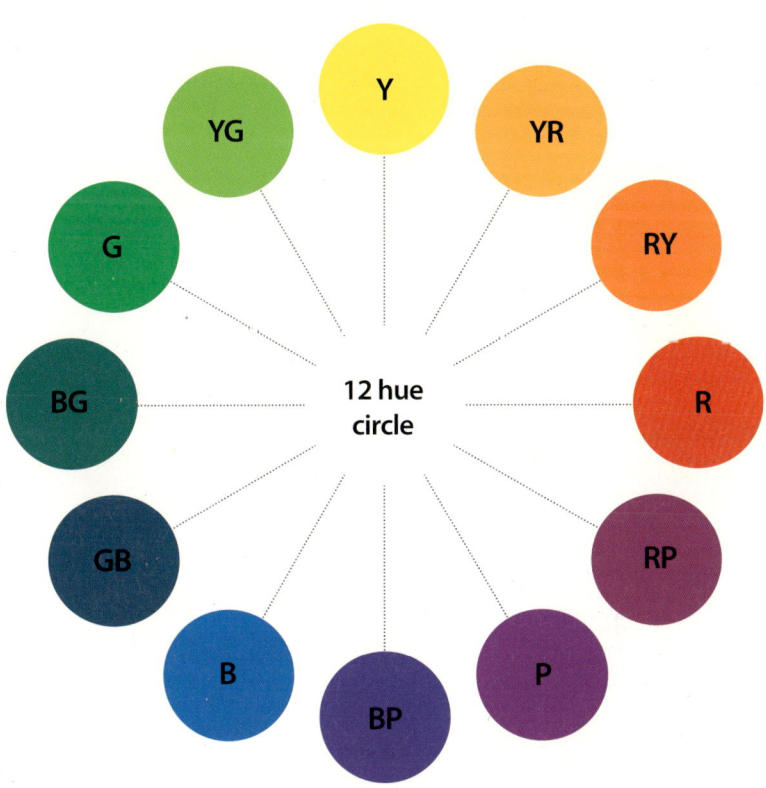

Value

low

퓨어 화이트
Pure white

블랙
Black

컬러감은 명도에서 나온다

명도(value, lightness)란 색의 밝고 어두운 정도를 말한다. 명도가 높으면 밝고 옅은 색이 되고, 명도가 낮으면 어둡고 진한 색이 된다. 명도가 가장 높은 색은 흰색으로 가장 밝은색이고, 반대로 명도가 가장 낮은 색은 검정으로 가장 어두운색이다. 유채색의 명도는 흰색에 가까울수록 높고 검은색에 가까울수록 낮게 된다. 흰색이나 검은색을 섞지 않은 순색이라고 해도 색 자체의 밝기가 있기 때문에 유채색에도 명도가 있다. 유채색에서 가장 명도가 높은 색은 노란색이다.

어울리지 않는 색을 어울리게 만들거나 같은 색이라도 다른 느낌이 들게 하는 등 색의 어울림에서 명도는 결정적인 역할을 한다. 명도 차이가 많으면 대비가 강해져 선명해 보인다. 마찬가지로 명도 차이가 많이 나는 색의 옷들을 매치하면 아주 분명하고 또렷하게 보이는 효과를 낼 수 있다. 명도 차이를 일정하게 조화시키면 안정되어 보이며, 명도 차이가 없거나 적을수록 신비로운 느낌이 든다. 이처럼 명도를 다룰 수 있는 능력만 있다면 옷 색깔을 맞추는 일이 한결 수월할 뿐만 아니라 남들이 쉽게 표현할 수 없는 수준의 멋을 내는 것도 가능하다.

Chroma

클리어 브라이트 레드
Clear bright red

라이트 오렌지
Light orange

시크함은 채도에서 나온다

채도(chroma, saturation)란 색의 선명함을 말한다. 채도가 높으면 강하고 선명한 색이 되고, 채도가 낮으면 수수하고 탁한 색이 된다. 색상환에 나타난 순색들은 채도가 가장 높으며, 순색에 무채색이 더해질수록 채도가 낮아진다. 채도는 색상이 있을 때만 나타나기 때문에 무채색에는 채도가 없다. 여기까지 설명하면 채도가 낮은 것과 명도가 낮은 것을 혼동하거나 색이 밝으면 채도 역시 높다고 생각하기 쉬운데, 가장 밝은 흰색은 검은색과 더불어 채도가 가장 낮은 무채색에 속한다. 따라서 아무리 밝은색이라도 흰색에 가까우면 가까울수록 채도는 떨어지는 것이다.

채도가 낮을수록 안정감은 더해져서 특유의 우아한 분위기가 고조되고, 채도를 비슷하게 하면 전체적으로 얌전하고 은은한 분위기가 만들어지지만, 채도를 전혀 다르게 대비시키면 화려하고 강렬한 분위기가 된다. 중간 정도의 채도를 가진 색들은 어떻게 조화시켜도 차분하고 세련되어 보인다. 이처럼 옷 색깔에 채도의 원리를 활용하면 평범하던 색에 깊이가 생기고 차분하면서도 화려해 보이는 색감들이 나타난다. 명도나 색상이 아무리 제한되더라도 채도의 이러한 특징을 잘 활용하면 얼마든지 풍부한 표현을 끌어낼 수 있다.

Tone

엘로 그린
Yellow green

라이트 웜 그레이
Light warm gray

이미지는 톤에서 결정된다

색은 색상, 명도, 채도의 3속성으로 구성되며 명도, 채도를 동시에 고려한 것이 바로 톤(tone)이다. 순색에 흰색을 더하면 명도는 높아지지만 채도는 떨어진다. 결국 색은 밝고 연해지지만 희미하고 선명하지 않게 된다. 순색에 검은색을 더하면 명도도 채도도 낮아진다. 결국 색이 짙고 칙칙하고 탁하게 된다.

이처럼 명도와 채도는 항상 동시에 움직이는데, 이 조합에 의해 여러 가지 색조가 생겨나고 이것을 '톤'이라고 부르는 것이다. 따라서 톤에 의해 같은 색상이라도 이미지가 달라지며, 색상이 달라도 같은 톤을 가진 색들은 보는 사람 입장에서는 비슷한 이미지를 준다. 모든 색에서 느껴지는 경연감 즉 딱딱함과 부드러움은 명도와 채도가 동시에 고려된 톤의 영향을 받는다. 명도가 높고 채도가 낮으면 부드러운 느낌을 주고, 반대로 명도가 낮고 채도가 높으면 딱딱한 느낌을 준다.

색이 곧 메시지다

옷은 자신의 진정한 자아를 표출하는 수단 중 하나이다. 특히 옷의 색깔을 통해서 자신의 개성이 드러난다. 사람들이 특정한 색에 끌리는 것은 그의 성격이나 인생 경험, 혹은 강제로 주입된 사상이나 자신도 의식하지 못하는 내면 깊숙한 곳의 욕망이 작용한 결과이다. 그래서 사람들은 심리적인 요인으로 색상을 선택하는 경우가 많다. 자신감이 있고 열정이 많을 때는 빨간색의 옷을 즐기지만, 자신을 드러내고 싶지 않을 때는 밝은색이 잘 어울리는 것을 알면서도 그 색을 피하게 된다. 이처럼 색은 우리 심리에 지대한 영향을 미치는 게 사실이다.

사랑이나 연민을 표현하고 싶을 때는 분홍색을, 주목을 끌고 싶을 때는 주황색을, 근면함을 강조하고 싶을 때는 초록색을, 비즈니스 지향적이라는 인상을 주고 싶을 때 회색을 사용하는 이유는 색이 메시지를 전달할 수 있는 일종의 커뮤니케이션 도구이기 때문이다. 옷을 선택할 때 색채의 이면에 숨어 있는 심리적인 요소를 생각해서 누구에게 어떤 메시지를 보내고 싶은지, 어떻게 보이고 싶은지, 또는 어떤 사람으로 보이고 싶은지 등을 잘 생각해서 사용하면 상대방에게 자신이 원하는 이미지를 효과적으로 전달할 수 있다.

raspberry

rose red

strawberry

wine red

begonia

marron

burgundy

tomato red

ruby red

RED

주의를 끌거나
강조하고 싶을 때는
단연 빨강이다

활동적이고
드라마틱한 것을 좋아하는
강하고 정열적인 사람

정열적이다, 다이내믹하다라는 이미지를 주는 빨간색은 에너지 발산을 촉진하는 효과가 있는데, 적극적인 행동을 불러오는 아드레날린의 분비를 활발하게 하기 때문이다.

호기심이 왕성하고 순수하며 활동적이고 외향적인 사람이 좋아하는 경향이 있으며, 일견 자제하는 듯 보여도 실제로는 에너지가 넘치는 내면을 갖고 있는 경우가 많다. 리더십을 요구받을 때나 커다란 결단에 용기가 나지 않을 때, 기운이 없을 때 파워를 주는 색이다. 활발한 색이므로 상대방을 자극하고 싶거나 지루함을 벗어나 의욕을 불어넣고 싶을 때, 또 강인한 힘을 강조하고 싶을 때 사용하면 효과적이다. 단, 강한 색인 만큼 너무 많이 사용하면 피로감을 줄 수 있고 주의가 산만해질 수 있으니 주의해야 한다.

chinese red

peach

mandarin orange

golden yellow

apricot

carrot orange

burnt orange

marigold

pumpkin

ORANGE

창조적으로
보이고 싶다면
주황을 사용한다

매사에
열의를 보여 주는
용기 있는 사람

주황색은 사람들의 이목을 모으고 친밀감을 느끼게 하는 활동적인 색으로, 식욕을 증진시키는 효과도 있다. 눈에 들어오기 쉬운 색이기 때문에 강한 인상을 주고 싶을 때 효과적이고, 파랑과 흰색을 대비시켜 사용하면 보다 대담하게 보일 수 있다. 단, 너무 많이 사용하면 집요하거나 싸구려 같은 인상을 주게 된다. 이국적인 분위기를 연출하고 싶을 때도 사용하는데, 역시 지나치게 많이 사용하지 않는 게 좋으며 특히 강렬한 주황색은 신경을 건드리고 피곤한 느낌을 줄 수 있으므로 주의해야 한다. 인테리어에서는 기분 좋은 분위기를 연출할 수 있기 때문에 가족들이 단란하게 모이는 거실이나 주방 등에 최적인 색이다. 방의 분위기가 밝아지고 활발한 대화를 기대할 수 있다.

주황색을 좋아하는 사람은 서비스 정신이 넘치는 사교적인 사람이 많은 것 같다. 매사에 대해서 항상 의욕적이고 사람을 즐겁게 하는 것을 좋아하는 타입이다.

cream yellow

straw yellow

lemon yellow

cadmium yellow

mustard

maize

saffron yellow

honey

bamboo

YELLOW

새로움과 흥분,
즐거움과 놀라움은
노랑에서 나온다

통솔력 있고
리더십이 강한
지성적인 사람

노란색은 색 중에서도 빛에 가장 가까운 색으로 긍정으로 빛나는 색이라고 말할 수 있다. 명랑함과 활동성, 기쁨과 희망을 나타내고 결단을 불러일으키는 색이다. 노란색을 좋아하는 사람은 머리 회전이 빠르고 사교적인 사람이 많으며, 다른 사람에게 따뜻함과 유머를 주고 항상 그룹의 중심에 있을 듯한 타입이다. 그러나 노란색은 유아가 좋아하는 색이기 때문인지 어린아이 같은 인상을 주기도 쉽다. 옅은 노랑에는 청초하고 상냥한 이미지가, 탁한 노랑에는 차분한 어른스러운 이미지가 있다.

뇌의 파장을 자극해서 운동신경을 활성화시키는 색이기 때문에 소극적인 기분을 날려 버리고 싶을 때 제격이다. 시선을 집중시키는 효과가 커서 '여길 봐라, 이건 다르다' 라는 메시지를 전한다. 햇볕처럼 따뜻하고 쾌활한 분위기를 조성할 때도 사용한다. 다만 다른 사람과 오랫동안 있어야 할 자리에서 노란색을 과하게 사용하면 상대방의 주의력이 산만해질 위험이 있으므로 주의해야 한다.

leaf green

apple green

forest green

olive green

cobalt green

peacock green

sea green

evergreen

jade green

GREEN

인내심,
근면함은
초록에서 드러난다

조화롭고 안정적인 삶을 선호하며
자연을 사랑하는
정적인 사람

초록색에는 평화, 편안함, 자연, 조화 등의 이미지가 있고 기분을 온화하게 해서 마음을 편하게 안정시키는 효과가 있다. 초록색을 좋아하는 사람은 협조성과 밸런스 감각에 뛰어난 노력가 타입의 사람이 많고, 온화하고 마음이 상냥하며 솔직한 면을 가지고 있다. 분쟁을 좋아하지 않는 성향 때문에 때로 필요 이상으로 주위 사람들에게 맞추려고 하는 일면도 있다.

피곤한 상태라면 평소보다 초록색에 더 눈길이 간다. 실내에 관엽식물을 들여놓거나 초록 계열의 옷이나 액세서리를 몸에 걸쳐 몸과 마음을 모두 편안하게 하자. 초록색에는 뇌의 흥분을 진정시키고 피곤한 눈이나 몸을 쉽게 해주는 효과도 있다. 활기와 쇄신, 상쾌한 이미지를 주고 싶을 때는 초록색에 노란색을 더하면 매우 좋다. 대담하게 다른 것과 차별화하고 싶고, 당당하고 두려워하지 않는다는 것을 전달하고 싶은 경우에는 초록색에 노란색을 좀 더 많이 사용한다. 그러나 노란색이 지나치게 많아지면 싱겁고 감상적인 느낌이 되어 오히려 역효과를 가져온다.

turquoise blue

cyan

aquamarine

marine blue

indigo

hyacinth

sky blue

forget-me-not

royal blue

BLUE
모두에게
인정받고 싶다면
파랑을 사용한다

평화로운 삶을 원하는
정직하고
성실한 사람

파란색은 기분을 차분하게 하는 진정 효과가 있으며, 흥분한 마음을 냉정하게 만드는 자제의 색이라고 불린다. 파란색을 좋아하는 사람은 쿨하고 지성적인 사람이 많고 객관적으로 어떤 일을 냉정하게 판단하는 자제심과 멋진 감성을 겸비하고 있다. 잘 참고 끈기가 있기 때문에 대개의 일은 잘 처리한다. 파란색은 자율신경 안에서도 부교감 신경계에 작용하기 때문에 안정이 필요하거나 집중력을 높여야 하는 사무실이나 공부방 등의 인테리어에 사용하면 효과적이다. 파란색 중에서도 밝은 녹청색은 마음을 건강하게 만든다.

신뢰를 나타내는 보수적인 색이므로 비즈니스와 관련된 거래를 체결하는 장소에서 성실하고 믿음직스런 모습을 강조하고 싶은 경우에 아주 효과적이다. 단 창조적인 생각을 말할 때나 당신 자신과 당신의 생각이 두드러져 보이는 것이 필요한 상황에서는 파란색을 입지 않는 것이 좋겠다. 지루하고 단조로워 보일 테니까.

violet

tyrian purple

orchid

lilac

wisteria

magenta

amethyst

pansy

mauve

PURPLE

호화롭고 풍족하며
고가의 분위기는
보라가 연출해 준다

자의식이 높고
창의적인 분야에 종사하는
품위 있는 사람

보라색은 빨간색의 힘과 파란색의 우아함을 합쳐 놓은 색으로, 예전부터 고귀한 색이라 불려 왔다. 보라색은 직관력, 통찰력, 상상력, 자존심, 그리고 관용과 긍정적으로 연관되어 있다. 우아함과 품위, 화려함을 상징하며 신비스럽고 개성 있는 색이다. 보라를 좋아하는 사람은 감수성이 풍부하고 미적 센스가 뛰어난 사람이 많고, 정열의 빨강과 고독의 파랑으로 만들어진 탓인지 정서 불안, 질투나 우울 등 복잡한 심리 상태도 나타낸다.

여성스러움을 표현하고 싶을 때도 보라색은 효과적이다. 특히 옅은 보라는 엘레강스하고 우아한 이미지를 만든다. 보라는 활동력을 높이고 치료 효과가 있는 색이며, 자신은 남들과 다르다는 차별성을 줄 수도 있다. 개성이 강한 색이기 때문에 잘못 사용하면 아주 천박하게 보이거나 지나치게 인공적으로 느껴지기 쉬우니 주의가 필요하다.

baby pink

shrimp pink

shell pink

rose pink

bougainvillea

old rose

dawn pink

coral pink

salmon pink

PINK

따뜻함과 섬세함,
여성스러움은
분홍을 따라갈 수 없다

감각적이며
사랑과 연민의 감정을
쉽게 표현하는 사람

부드러움과 행복, 귀여움의 대명사인 분홍색은 공격적인 감정을 진정시키고, 정서를 안정시키는 색이다. 여성스럽고 온화한 느낌이기 때문에 엄격해 보일 수 있는 모습을 완화하는 데 뛰어나다. 또 여성 호르몬의 분비를 높이고 만족스러운 기분을 만들기 때문에 서로 위로하는 관계, 서로 격려해 주는 관계 속에 분홍색을 두면 효과적이다.

분홍색을 좋아하는 사람은 마음이 온화하고 상냥한 사람이 많은 것 같다. 부드러운 색이 꽃향기를 연상시키고 로맨틱한 이미지를 전달하기 때문에 여성을 상징으로 한 화장품이나 옷 등에 많이 사용된다. 단 분홍색은 모든 사람에게 다 어울리는 색이 아닐뿐더러 때에 따라 경박하고, 믿음직하지 못하거나 대수롭지 않다는 느낌을 줄 수도 있다. 따라서 분홍색 옷을 입고 있을 때는 절대 인터뷰를 하거나 승진, 연봉협상 등에 나서지 말자.

tan

vandyke brown

khaki

coffee brown

fawn

chocolate

champagne

bronze

umber

BROWN

자연과 대지의
이미지는 갈색으로
표현한다

가족이나 친구들을
소중히 여기는
안정적인 사람

대지, 안정, 견실함 등의 이미지를 갖는 갈색은 따뜻하면서 마음을 편안하게 만드는 색이다. 인테리어에서는 가족들의 단란한 자리에 어울리는 기본이 되는 색이다. 짙은 갈색은 클래식한 고급스러움을, 밝고 옅은 갈색은 자연스럽고 온화한 분위기를 만든다. 갈색은 견실하고 의지할 수 있는 사람이 많이 좋아하는 색으로, 사고방식이 안정되어 있고 차분한 안정감을 주는 타입이 대부분이다. 오래된 좋은 물건에 끌리는 경향이 있고, 멋스러운 패션 센스도 갖고 있다.

비즈니스 자리에서 사용하면 차분함과 포용력을 어필할 수 있다. 특히 묵직한 힘을 강조하고 싶을 때는 강한 검정이나 빨강보다는 간접적인 갈색을 사용하는 게 더 효과적이다. 자연스럽고 편안한 분위기를 연출하고 싶을 때는 베이지색도 좋다. 갈색이나 베이지색은 너무 가라앉아 보일 수도 있으므로 때에 따라 밝은 악센트를 줘서 돋보이게 해야 한다.

snow white

milky white

pure white

pearl white

soft white

parchment

off-white

oyster white

WHITE
흰색은 순수하고
청결한 이미지를
나타낸다

자기방어적인 사람,
다소간 공평하고
사사로움이 없는 사람

흰색은 보호, 순수, 정직, 계몽, 깨끗함과 연결되지만, 반면 생기 없다는 느낌을 주기도 한다. 순결과 정직을 나타내므로 전통적으로 신부를 위한 색으로 선택되어 왔다. 동기 유발을 하거나 당신이 정직하다는 메시지를 주고 싶을 때 이 색을 입으면 된다. 물론 더러워질 위험이 있을 때는 입지 않는 편이 안전하다.

흰색을 좋아하는 사람은 정의감이 넘치고 높은 이상을 요구하는 완벽주의자 타입이 많다. 성실한 성격으로 실용적, 기능적인 면도 중시한다. 인테리어에서는 눈부시게 새하얀 색보다는 편안한 오프 화이트나 아이보리 쪽이 좋다. 또 흰색은 지금 있는 것을 모두 지워버리고 새로운 시작을 알리는 재출발의 색이기도 하다. 단순함과 순수함을 이미지화한 것이 흰색이지만 차가움, 인공, 평범함, 저가, 일회용품 같은 이미지도 있으니 상황 선택에 주의하자.

charcoal gray

moss gray

rose gray

taupe

pearl gray

slate gray

dove gray

gunmetal

sky gray

GRAY

보수적이면서
깔끔한 이미지라면
회색이다

자신에 대한 믿음과
독립심이 강한 사람,
자기 비판적인 경향이 있는 사람

회색은 검은색과 흰색을 섞어서 만들 수 있는 색이기 때문에 그다지 자기주장을 하지 않는 조화의 색이라고 일컫는다. 회색은 존경할 만하고 중립적이며, 위엄 있고, 명민한 느낌을 준다. 모든 색을 흡수해서 안도감을 주는 색이기 때문에 무리수를 두지 않으면서도 스마트한 모습을 유지해야 하는 비즈니스 정장으로 가장 안전한 선택 가운데 하나이다.

회색을 좋아하는 사람은 밸런스 감각이 뛰어난 사람이 많고 누구와도 조화를 맞춰서 잘해 나간다. 진중하게 주위의 상황을 생각하는 타입이지만, 겸손한 타입이기 때문에 개성을 묻어 버리는 경향도 있다. 회색은 세련된 악센트 컬러가 아니므로 너무 많이 쓰면 자신의 모습이 사라져 버리고, 지루하고 우울하며 불확실하고 기만적으로 보일 수도 있다. 눈에 잘 띄지 않는 색이므로 사람들로부터 주목을 받을 필요가 있을 때나 즉시 일을 진행할 필요가 있을 때는 입지 않는 것이 안전하다.

ivory black

ebony

lampblack

flint

smoke black

dark shadow

dark thistle

carbon black

BLACK
권력과 지배,
우아함과 기품은
검정에서 드러난다

의젓하며 전통을 중시하는 사람,
반면에 속마음을
잘 드러내지 않는 사람

검은색은 형식, 세련됨, 힘과 연관되어 있으며, 결단성을 갖춘 위엄 있는 직업의 색이다. 당신이 권위자로 보이고 싶다면 이 색을 입으면 된다. 검은색은 모든 것을 덮어 감춰 버린다는 보호색의 의미도 있지만, 한편으로는 강인한 도회적인 분위기도 갖고 있다. 색상을 갖고 있지 않기 때문에 차분해지고 싶을 때, 천천히 움직이고 싶을 때 몸 가까이에 두면 효과직이다.

검정을 좋아하는 사람은 예술적 재능이 있고 남에게 간섭받는 것을 싫어하는 경향이 있다. 자기 의사가 뚜렷하고, 주위에 좌우되지 않는 강한 면을 가지고 있다. 옷의 구색을 맞추기에 아주 좋은 색인데, 모든 색과 어울리고 다른 색에 의해 쉽게 밝아질 수 있기 때문이다. 하지만 부정적인 측면으로는 냉담함이나 비탄, 소극성 등을 풍기므로 감정적으로 우울한 날에는 절대로 피하는 것이 좋다.

흔하디 흔한 블랙?
당신을 특별하게 만들 블랙 연출법

블랙은 소재 선택에 따라 멋스럽게도 아주 촌스럽게도 보일 수 있는데, 누구나 갖고 있지만 누구나 시크해 보이기는 어려운 색이다. 검정이 잘 어울리는 사람이라고 해도 경우에 따라 지나치게 엄격해 위압감이 들 수도 있고, 낮에는 더워 보일 수도 있다. 소재도 마찬가지. 반짝이 소재나 비치는 투명 소재 등은 아무리 좋게 봐도 파티에 어울리는 것이기 때문에 아침부터 입고 나가는 일은 TPO에 맞지 않으니 조심해야 한다.

전체를 검정으로 입을 때는 매끈한 소재나 트위드 같은 소재로 변화를 주고, 무늬가 없는 검정 의상에 블랙 & 화이트 프린트나 가는 스트라이프가 들어간 옷을 매치하는 게 가장 잘 어울린다. 검정이 다른 컬러보다 가장 까다로운 경우는 포인트 컬러를 매치할 때다.

style 1

진하디 진한 검정은 다른 색을 과장
되게 만들기 마련이니 검정에 노란
색을 매치하고 싶다면 짙지 않은 옅
은 노란색을 선택하고, 포인트 컬러
는 전체 의상 중 30%를 넘지 않게 한
다. 또 아우터나 하의로 선택하는 것
이 안전한데, 피부와 바로 연결되는
이너 웨어를 검정으로 선택하면 얼굴
이 떠 보이기 쉽기 때문이다.

style2

블랙 원피스는 액세서리와 메이크업에 따라 다양한 연출이 가능하기 때문에 편리한 아이템이지만 자신의 몸에 보기 좋게 피트되는 블랙 원피스만이 스타일리시해 보인다는 점을 잊지 말자.

style3

전신을 블랙으로 연출할 때는 가
죽, 울, 새틴, 실크 시스루 등 소
재에 변화를 주면 생기 있고 화려
해 보인다.

Advanced Color

색은 함께 있을 때 더욱 아름답다
색감은 배색 감각으로 결정된다
깔맞춤 코디는 언제나 무리 없이 어울린다
차분하게 돋보이고 싶다면 인접색으로 맞춘다
화려하게 돋보이고 싶다면 반대색을 입는다
역동적이고 세련된 연출은 그러데이션으로 한다
색상 간의 개성을 살리려면 일단 분리시켜라
스타일의 긴장감은 악센트로 만든다
코디네이션의 배색 밸런스에 주의한다
통일감을 주고 싶을 때는 톤을 맞춘다
톤에 숨어 있는 이미지를 끌어내라
심상찮은 비비드 컬러를 센스 있게 소화하는 법

색은 함께 있을 때 더욱 아름답다

다시 한 번 말하지만, 색은 제일 먼저 눈에 들어오는 시각적 요소로 그 사람의 스타일을 알 수 있는 가장 중요한 요소이다. 반면 가장 쉽게 스타일링에 변화를 줄 수 있는 요소이기도 하다. 단색으로 이루어지는 것이 아니라 2색 이상의 색을 배색하여 사용하는 경우가 많기 때문에 색이 서로 어떻게 영향을 미치는가에 따라 조화와 부조화가 결정된다. 따라서 배색을 할 때는 보는 사람 입장에서 조화로워야 하고, 테마와 목적, 용도 등에 알맞은지 체크한다. 또 단순히 자신의 취향이나 직감에만 의존하지 말고 색상, 명도, 채도 등 색의 3속성을 고려하여 배색한다.

배색의 가장 초보적인 테크닉은 전체적으로 통일감을 준 후 약간의 변화를 더해 리듬감을 연출하는 것이다. 면적과 배치를 사용하여 색의 이미지를 컨트롤하는 방법도 있는데 선명한 색은 좁은 면적에, 옅은 색은 넓은 면적에 사용하면 효과적이다. 또 선명한 색끼리의 배색은 3:7이나 1:9와 같이 한쪽의 색을 크게 배치하면 색의 밸런스가 좋아진다. 조화로운 배색을 통해 아름다움, 상쾌함, 매력, 통일감, 균형감 등을 연출해 보자.

색감은 배색 감각으로 결정된다

개인의 취향에 따라 색이 좋고 싫음은 있어도 색 자체에 더러운 색, 깨끗한 색이라는 개념은 존재하지 않는다. 다른 색과의 조화, 즉 배색에 따라 더럽게 보이거나 깨끗하게 보일 뿐이다. 색의 조화에 정해진 법칙이 있는 것은 아니니 보는 사람에게 쾌감을 주는 것이라면 모두 조화롭다고 할 수 있다. 패션이든 인테리어든 전체를 한 색으로 통일하는 일은 거의 없고, 보통 몇 개의 색을 조합하여 사용한다. 같은 색이라도 조합에 따라 인상이 달라지기 때문에 자신의 뜻대로 이미지를 연출하기 위해서는 기본적인 색채 코디네이션 방법을 알아야 한다.

색채 코디네이션은 '배색의 테크닉'을 의미하는 것으로 정확하고 일관된 규정은 없지만, 색상을 사용하는 데에 새로운 여러 방법을 시도해 봄으로써 새로운 유행을 만들기도 한다. 색채 코디네이션은 색상에 의한 것과 톤에 의한 것으로 나눌 수 있다. 다양한 이미지를 연출하기 위해 필요한 기본적인 배색 테크닉을 살펴보도록 하자.

깔맞춤 코디는 언제나 무리 없이 어울린다

동일 색상(identity) 코디네이션이란 색상환에서의 색은 같으면서 명도나 채도의 변화를 준 배색 방법을 말한다. 예를 들면 아이보리 + 베이지 + 브라운이나, 파란색 + 하늘색, 보라색 + 라벤더, 크림색 + 연두색 같은 것이다. 일명 '깔맞춤'인데, 한 가지 색상의 톤을 변화시키는 이 배색은 실패도 적고 매치하기 쉽고, 조용하면서 부드러운 느낌을 주며 조화가 잘 되고 싫증이 나지 않아서 품위 있어 보인다. 하지만 배색에 변화나 움직임이 부족하기 때문에 특징이 없고 너무 무난해 보인다는 단점이 있어서 효과적인 동일 색상 코디네이션을 위해서는 명도 대비를 크게 하는 것이 좋다.

밝고 어두운 명도 대비가 뚜렷하거나 선명한 채도를 가진 색을 조화시키면 강한 느낌을 줄 수 있다. 이때 채도가 대비되는 동일 색상을 선택하면 분위기가 대조되어 서로의 장점을 잃게 되므로 피하는 것이 좋다.

Identity

밀크 베이지
Milk beige

커피 브라운
Coffee brown

로즈 베이지
Rose beige

30°

동일 색상

차분하게 돋보이고 싶다면
인접색으로 맞춘다

유사 색상(similarity) 코디네이션이란 색상환에서 주조색과 이웃해 있는 색상들을 조화시키는 것을 말한다. 예를 들면 노랑이라는 색을 중심으로 연두, 노랑, 주황, 다홍 등 유사 색상을 배색하는 식이다. 이 배색은 공통으로 노랑이라는 하나의 색을 가진다. 서로의 색깔을 조금씩 포함하고 있는 공통 색상이 있기 때문에 쉽게 조화를 이루며, 배색의 효과가 크고 전체적으로 온화하고 부드러운 느낌을 주며 동일 색상 코디네이션에 비해 덜 단조롭다는 장점을 가진다.

차분하고 안정된 느낌을 주지만 역시 시각적으로 활기찬 효과는 기대하기 어렵다. 유사 색상으로 코디네이션할 때 가장 뚜렷한 것은 순색끼리의 배색이지만, 변화가 목적이라면 명도와 채도 차를 크게 하는 것만으로도 적당하다.

Similarity

마젠타
Magenta

오렌지 레드
Orange red

라이트 클리어 골드
Light clear gold

90°

90°   90°

유사 색상

화려하게 돋보이고 싶다면
반대색을 입는다

대조 색상(contrast) 코디네이션이란 색상환에서 반대편 위치에 있거나 색상 간의 거리가 먼 색들의 조합을 통해 얻을 수 있는 코디네이션을 말한다. 예를 들면 색상환의 반대에 위치한 파란색 + 주황색, 노란색 + 보라색, 파란색 + 노란색, 청록색 +보라색 등이다. 대조 색상 코디네이션은 서로의 색이 돋보이는 강한 배색 효과 때문에 강렬하며 화려한 느낌을 주고, 현대 감각에 맞는 아름다움을 표현할 수 있다.

비슷한 색상을 사용하는 유사 색상 코디네이션에 비해 어렵지만 대조 색상 코디네이션이 잘 이루어졌을 때는 미적으로 뛰어난 이미지를 연출할 수 있다. 강하면서도 동적이고 자극적인 이미지를 주기 때문에, 옷에서 대조 색상 코디네이션을 연출할 때는 강한 색은 적게 쓰고, 약한 색을 많이 써서 색의 명도나 채도 변화 그리고 색 면적에 따른 조화에 신경 쓰는 것이 중요하다.

Contrast

라이트 오렌지
Light orange

라이트 트루 블루
Light true blue

보색

90°

대조 색상

라이트 웜 베이지
Light warm beige

역동적이고 세련된 연출은
그러데이션으로 한다

그러데이션(gradation) 코디네이션이란 같은 색에 단계적으로 톤의 변화를 주거나 색상을 차례차례 배치하여 리듬감과 역동감을 만드는 코디네이션을 말한다. 예를 들면 동색 계열의 색을 명도와 채도에 따라 순차적으로 변화시키거나 빨강에서 보라까지의 단계적 색상을 질서정연한 느낌으로 배색하는 것 등이다. 색을 그러데이션시키면 시선을 유도하여 리듬감과 변화를 주기 때문에 역동적이면서 세련되어 보인다. 디자인은 단순한 것이 효과적이다.

또 여러 겹을 사용할 경우 비치는 소재의 길이를 바꾸거나 서로 다른 색을 사용하면 겹치는 색에 따라 신비로운 분위기를 표현할 수 있다. 시선을 일정한 방향으로 유인하여 리듬감을 표현하거나 은은한 변화를 표현하고자 할 때 주로 사용한다.

Gradation

브라이트 옐로 그린
Bright yellow green

미디엄 옐로 그린
Medium yellow green

디프 옐로 그린
Deep yellow green

동색 계열의
그러데이션

유사색 계열의
그러데이션

색상 간의 개성을 살리려면
일단 분리시켜라

세퍼레이션(separation) 코디네이션은 여러 가지 색을 배색할 때, 분리색을 하나 삽입하여 새로운 조화를 이루는 방법이다. 예를 들면 흰색을 정중앙에 넣기도 하고, 검정이나 짙은 색으로 크게 세퍼레이트하여 스포티한 느낌을 나타내기도 한다.

이 방법은 처음의 배색을 살리면서도 그 위에 또 다른 배색 효과를 주어 새로운 이미지를 만들기 때문에 대조 색상 코디네이션의 강렬함을 완화시키거나 동일 색상 혹은 유사 색상 코디네이션의 단조로움을 흥미롭게 하는 데 효과적이다. 분리색인 모노톤의 검정이나 회색을 끼워 넣으면 색상 간의 개성을 돋보이게 하여 강한 이미지를 얻을 수 있다. 세퍼레이트 컬러로는 무채색이 가장 적합하지만 금색이나 은색도 좋고, 유채색을 그러데이션과 조합시켜 사용하면 균형이 잡혀 리듬감 있는 배색이 되기도 한다.

Separation

마젠타
Magenta

퓨어 화이트
Pure white

블랙
Black

세퍼레이션
코디네이션

스타일의 긴장감은 악센트로 만든다

악센트(accent) 코디네이션이란 단조로운 배색이나 복잡한 색에 대조적인 색상이나 톤을 더함으로써 시각적 초점을 만들고 동시에 전체를 돋보이도록 하는 배색 방법을 말한다. 예를 들어 검정이나 회색 같은 무채색 계열의 정장에 빨강이나 노랑의 원색 셔츠로 포인트를 주는 식이다. 기본색에 비해 두드러진 강조색을 사용하여 사람들의 시선을 강조색에 머물게 하는 것이다. 악센트 컬러를 중심으로 배색을 통일시키되, 악센트 컬러의 면적이 좁을수록 강조 효과가 크고, 면적이 크면 강조 효과가 감소된다. 따라서 색의 분량은 세퍼레이션 색상보다 소량을 사용하는 것이 보다 효과적이다.

이 배색은 심플한 디자인에 사용하면 강한 인상과 세련된 느낌을 주며, 다소 지루하고 단조로운 배색에 악센트가 되어 전체 이미지를 긴장시키는 효과를 만든다.

Accent

트루 레드
True red

블랙
Black

미디엄 트루 그레이
Medium true gray

악센트
코디네이션

코디네이션의 배색 밸런스에 주의한다

옷을 코디네이션할 때는 어느 색과 어느 색을 조합할까 하는 색의 배색뿐 아니라 어떤 비율로 색을 사용할 것인가도 중요하다. 전체적인 분위기를 만드는 베이스 컬러, 베이스 컬러를 돋보이게 하면서 전체 이미지를 정돈하는 어소트 컬러, 이미지의 강약을 만드는 악센트 컬러라는 3가지 색을 보기 좋게 조합해야 한다.

실제 복장에서는 많은 색이 사용되지만 이 3색의 비율을 생각하면서 조합하면 크게 실패할 일은 없다.

accent color

assort color

base color

악센트(accent) 컬러
좁은 면적으로 강약을 강조하기 위해서 사용하는 색이다. 전체의 약 10% 정도이기 때문에 대조적으로 눈에 띄는 색을 사용하면 효과적이다. 액세서리나 넥타이, 스카프 등의 색이 된다.

어소트(assort) 컬러
베이스 컬러를 돋보이게 하면서 전체 이미지를 마무리하는 보조색이다. 전체의 약 25~30%를 차지하고, 블라우스나 베스트, 스커트나 팬츠, 구두나 가방 등의 색이 된다.

베이스(base) 컬러
'주조색' 이라고도 하며 전체 분위기를 결정하는 색이다. 전체의 약 70%를 차지하고, 슈트나 원피스, 코트 등의 색이 된다.

통일감을 주고 싶을 때는 톤을 맞춘다

핑크 + 노랑 + 파랑 + 초록을 조합하면 알록달록할 것 같지만 색상을 많이 사용해도 명도와 채도가 같은, 즉 톤이 같은 색으로 코디네이션하면 보기 싫지 않다. 많은 색을 사용하면서 전체 이미지를 통일하고 싶을 때는 톤을 맞추는 톤(tone) 코디네이션 방법이 효과적이다. 색상이 달라도 같은 톤의 색들은 보는 사람에게 비슷하다는 인상을 주는데, 예를 들면 파스텔 컬러인 연한 핑크나 연한 블루는 색 자체는 전혀 다르지만 보는 사람에게는 똑같이 달콤하고 귀엽고 부드러운 인상을 준다.

옷의 색깔은 톤에 따라 다른 이미지를 나타내는데 vivid, strong 등 채도가 높은 영역의 화려한 톤은 활동적이고 강렬한 이미지를 주기 때문에 캐주얼 웨어나 스포츠 웨어에 많이 활용되고, bright, pale, light 등 명도와 채도가 모두 높은 영역의 밝은 톤은 온화하고 사랑스럽고 감미로운 이미지를 가지고 있어 로맨틱한 연출에 많이 쓰인다. light grayish, grayish, soft, dull 등 중간 명도의 수수한 톤은 차분하고 편안한 이미지를 가지며 우아하고 고전적이어서 컨트리 스타일, 에스닉 스타일 등에 많이 활용되고, deep, dark, dark grayish 등 낮은 명도의 어두운 톤은 엄숙하고 남성적이며 중후한 이미지를 지니므로 정장 스타일에 많이 사용한다. 따라서 각각의 톤이 갖고 있는 이미지를 자기가 연출하고 싶은 이미지에 맞춰서 선택하면 된다.

톤에 숨어 있는 이미지를 끌어내라

이 책에서는 톤과 이미지의 관계를 설명하기 위해 일본 색채 연구소가 제안한 일본 색채 연구소 배색 체계(PCCS: Practical Color Coordination System)를 선택했는데, 이것은 무채색을 제외한 12개의 톤으로 색채를 분류하여 패션 디자인에 사용하도록 제안하고 있다. 색채 조화를 위한 배색을 목적으로 색을 톤에 의해 그룹화한 것으로 동일한 색상에서도 명암, 강약, 농담 등의 차이를 두어 색상을 분류한다.

PCCS 톤 시스템은 각 색상에 붙여진 색 이름과 톤이 연상시키는 이미지를 접목시킨 것으로 색채가 갖는 이미지를 중심으로 한다. 즉 톤이 같은 색은 색상 자체가 바뀌어도 감정 효과는 공통되므로 톤의 이미지를 알아 두면 그 톤에 속하는 어떤 색을 사용하더라도 그 이미지에 가깝게 연출할 수 있다는 뜻이다.

Tone & Image

명도

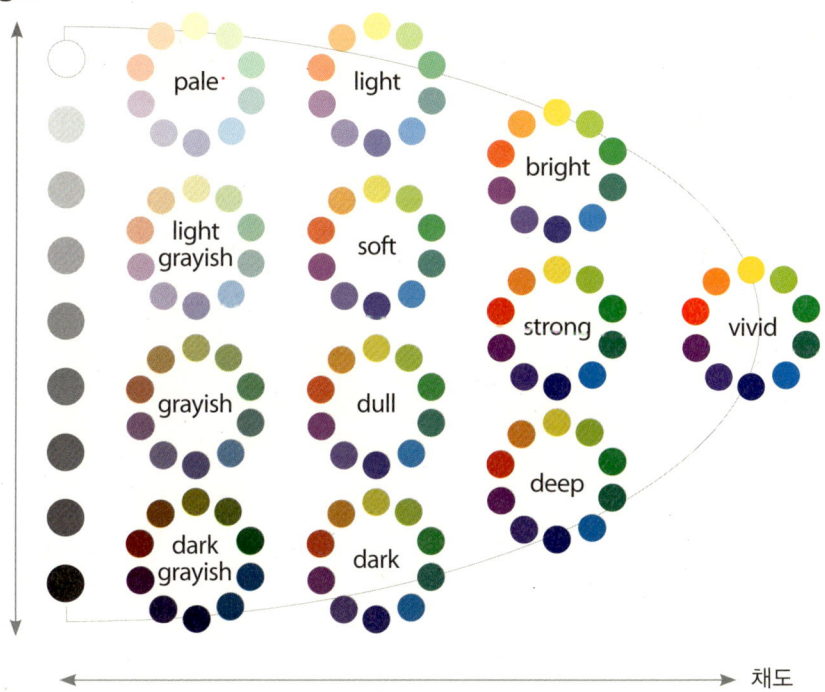

pale

light

bright

light grayish

soft

strong

vivid

grayish

dull

deep

dark grayish

dark

채도

자료 제공: PCCS의 COLOR-TONE CHART

비비드(vivid: 선명한)

Vivid

빨강, 노랑, 주황, 초록 등 기본 12색을 중심으로 화려한 원색의 톤이다. 선명하고 활동적인 이미지의 색으로 강한 인상을 주어 주위 사람들의 주목을 끌기 쉬우며 무채색과 배색하여 화려하고 강렬한 이미지를 얻을 수 있다. 따라서 자극적인 메시지에 효과적으로 활용된다. 자유분방을 강조하는 캐주얼, 스포티브, 팝 스타일 패션에 잘 어울린다.

Strong

스트롱(strong : 강한)

비비드 톤에 중간 명도의 회색을 약간 섞은 색감으로 다소 탁하며 비비드 컬러보다 진하다 혹은 강하다는 느낌을 주는 컬러 톤이다. 비비드에 비해 다소 선명함이 낮고 탁한 느낌의 강한 원색이 주를 이루며, 색감이 강하므로 선명하고 적극적이며 화려하다는 이미지를 갖는다.

Strong

Bright

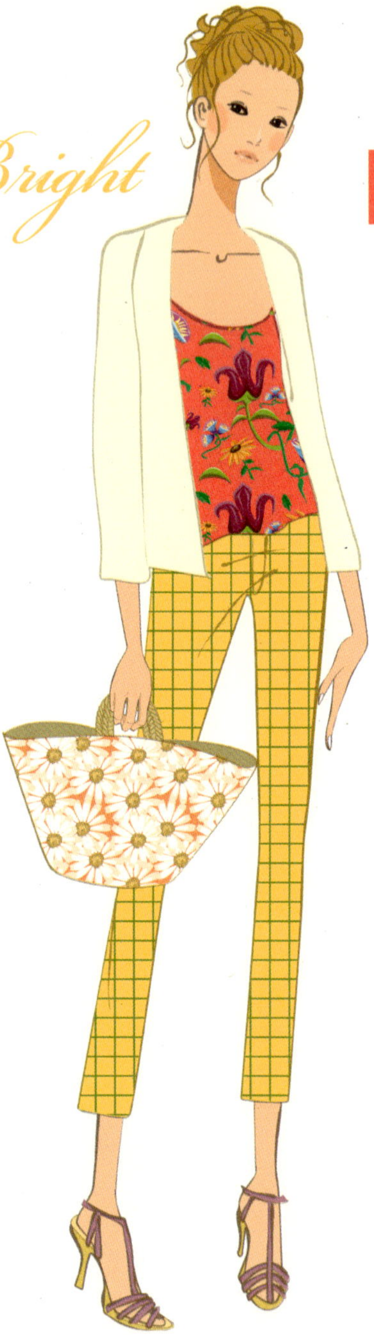

Bright

브라이트는 비비드에 흰색을 아주 조금 섞어 만든 색으로, 색상이 좀 더 밝고 깨끗한 느낌을 준다. 보석 류에서 자주 볼 수 있는 이 톤은 비 비드하면서도 선명하게 빛나기 때 문에 예쁘고 명랑한 이미지를 연출 하기에 적합하다. 밝고 화려한 느낌 의 포멀 웨어나 기분을 유쾌하게 하 는 유희적인 디자인에 알맞다.

Light

라이트(light: 연한)

라이트 톤은 비비드에 약 6배의 흰
색을 섞어서 만든 색으로, 브라이
트 같은 밝은색이지만 흰색이 더
포함되어 가볍고 부드러운 느낌을
주며 편안하게 즐길 수 있는 이미
지다. 여성스럽고 감미로운 것이
특징이며, 역시 여성스러운 페미
닌룩에 어울린다.

Light

Pale

Pale

페일(pale: 엷은)

페일은 비비드에 약 10배의 흰색을 섞어서 만
든 색으로, 유채색 중 가장 밝으며 일반적으로
알고 있는 가장 부드러운 파스텔 톤이다. 따뜻
함, 감미로움, 꿈꾸는 듯한 로맨틱한 분위기
에 어울리며 매우 부드럽고 귀여운 이미지도
있다. 유아복에 흔히 사용되지만 로맨틱한 여
성복에도 많이 사용된다.

소프트(soft: 부드러운)

부드러운 이미지를 지니는 소프트는 비교적 밝고 연하며 은은한 중간색이 주를 이룬다. 라이트보다 진하며 부드럽고 자연스러운 색이다. 지나치게 밝거나 어둡지 않은 중간 정도의 명도와 채도로 거부감이 느껴지지 않는 온화하고 은은한 이미지를 준다.

Soft

Dull

비비드에 회색을 가미한 색으로 차분하게 가라앉은 고상한 이미지이며, 주로 토기나 대지에서 느낄 수 있는 자연적이고 안정된 색조이다. 비비드에서 볼 수 있는 활발함이 사라지고 전체적으로 색 맛이 감소되어 고상하고 고풍스러운 이미지를 풍긴다. 어스 컬러(earth color)에서 느껴지는 내추럴한 이미지를 표현하는 패션 스타일에 알맞다.

Dull

Light Grayish

Light Grayish

라이트 그레이시(light grayish : 밝은 잿빛의)

비비드에 밝은 회색을 가미한 색으로, 햇빛
에 바랜 느낌이 들며 세련되고 우아한 느낌
이다. 지적이고 차분한 이미지면서 동시에
은근한 파스텔 색감의 여성스러운 느낌이 조
화되어 도시적인 세련미를 표현한다.

Grayish

Grayish

그레이시(grayish: 잿빛의)

비비드에 회색을 혼합한 색으로, 명도와
채도가 낮아 탁하기 때문에 훨씬 무게감
이 느껴지고 차분하고 침착한 느낌을 준
다. 지적이며 도시적인 세련미를 연출하
는 소피스티케이트 스타일을 잘 표현할
수 있다.

Deep

디프(deep: 진한)

비비드에 검은색이 약간 가미된 색이다. 자극이 강한 비비드보다 명도, 채도가 약간 낮아 깊고 짙은 톤으로 침착하고 중후하며 고급스러운 이미지를 나타낸다. 원색이 주는 생동감이 약간 감소되지만, 치분한 느낌을 주기 때문에 다이내믹하고 역동적인 이미지의 배색에 어울리며 어른스럽고 세련된 이미지 연출에 좋다.

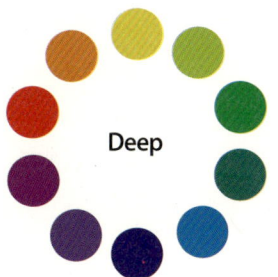

Deep

Dark

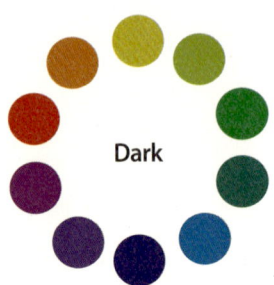

Dark

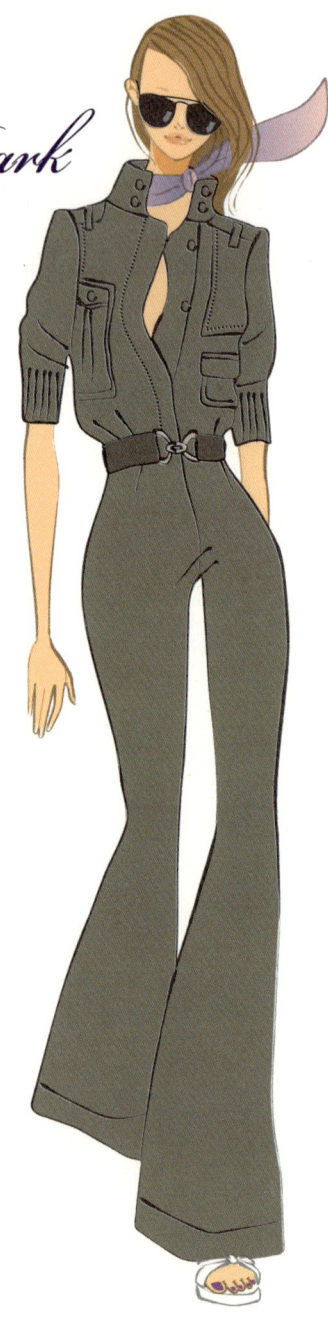

다크(dark : 어두운)

전체적으로 검은색이 많이 가미되어 어두
우면서 색감이 느껴지는 중후한 느낌을 가
진 명도가 낮은 톤이다. 색상이 적어 화려
함이 없고 강하며 남성적인 이미지를 지니
고 있다. 높은 격조와 댄디함, 클래식함 등
안정적인 느낌이 들기 때문에 전통적인 품
격을 느낄 수 있는 클래식이나 매니시한 이
미지의 기본으로 많이 사용된다.

Dark Grayish

다크 그레이시(dark grayish: 어두운 잿빛의)

검은색을 가미한, 명도가 가장 낮은 어둡고 짙은 색이다. 거의 검정에 가깝지만 검정과는 분위기가 좀 다른 깊은 맛이 드는 톤으로 중후하고 엄숙하며 미묘한 신비감을 지니고 있다. 색을 느끼기가 어려울 만큼 낮은 채도를 지니고 있어 무게감이 느껴지는 색으로 남성적인 이미지이다.

Dark grayish

심상찮은 비비드 컬러를 센스 있게 소화하는 법

밝고 선명한 비비드 컬러들은 블랙에 익숙하고 '컬러'에 소극적인 우리가 선뜻 시도하기 어려운 게 사실이다. 자칫 잘못하면 과해 보이기 쉽기 때문에 주의해야 하는데, 촌스럽게 보이지 않는 비비드 컬러 매치 방법을 알아보도록 하자.

비비드 컬러로 머리부터 발끝까지가 아니라, 화이트나 옅은 그레이 톤의 옷에 비비드 컬러들을 믹스하는 것이 적당하다. 예를 들어 노란색과 흰색 티셔츠를 레이어드하고 흰 바지와 블루 나일론 점퍼를 매치한다. 혹은 두 가지 비비드 컬러 스트라이프가 들어간 상의에 흰색이나 회색 의상들을 매치하거나 화이트가 포함된 옷, 예를 들어 흰 칼라가 달린 블루 톱에 흰 바지와 오렌지 컬러의 아우터를 입는다.

비비드 컬러라고 해서 무늬 없는 원
색들로만 해석하지 말고 비비드 컬
러가 섞인 컬러 블록이나 프린트들
을 활용한다. 솔리드 원색들로만 매
치한다면 지나치게 심각하거나 우
스꽝스러워 보이기 쉽다.

style2

전체적으로 의상은 흰색으로 통일하고
분홍색 에나멜 벨트, 녹색 점퍼나 녹
색 액세서리를 매치하는 방식으로 작
은 부분에 비비드 컬러를 선택할 수도
있다.

style3

소재의 질감에 따라 컬러가 달라 보인다는 것을 잊지 말자. 질감이 느껴지는 두꺼운 코튼이나 울보다는 얇은 시폰, 비치는 소재들일 때 비비드 컬러가 주는 부담감이 적어진다. 특히 비비드 컬러의 하드한 소재라면 뚱뚱한 체형에 치명적이다. 체형을 무시하고서라도 비비드 컬러를 입고 싶다면 광택이 없는 얇은 리넨이나 시폰 소재를 선택한다.

STEP3

Secret Color

섹의 긍정적인 이미지는 잘 어울렸을 때만 전달된다
좋아하는 색을 어울린다고 착각하지 말자
어울리는 색이야말로 아름다움의 시크릿이다
우선은 웜 타입과 쿨 타입으로 나누자
본격적으로 4개의 타입으로 나누자
정확한 진단을 원한다면 기본을 지키자
시크릿 컬러 셀프 테스트 Ⅰ, Ⅱ
시크릿 컬러는 누구나 찾을 수 있다
봄 타입은 경쾌하고 발랄하며 귀여운 스타일이다
여름 타입은 로맨틱하고 여성스러운 스타일이다
가을 타입은 내추럴하고 클래식한 스타일이다
겨울 타입은 심플하고 모던한 스타일이다
기본을 알아야 트렌드를 입을 수 있다
봄 타입은 노란빛을 띄고 있어야 한다
여름 타입은 흰빛을 띄고 있어야 한다
가을 타입은 황금빛을 띄고 있어야 한다
겨울 타입은 푸르거나 검은빛을 띄고 있어야 한다
나도 모르는 내 마음을 보여 주는 색

색의 긍정적인 이미지는 잘 어울렸을 때만 전달된다

각각의 컬러는 긍정적인 이미지와 부정적인 이미지를 동시에 가지고 있다. 예를 들어 파란색에는 성실함, 지적이라는 긍정적 이미지가 있는 반면 쓸쓸함, 차가움이라는 부정적 이미지도 있다. 이를테면 면접을 보러 간다고 해보자. 신뢰감을 주고 성실한 이미지를 어필하기 위해 파란색 재킷을 선택했지만, 만일 자신에게 어울리는 파란색이 아니라면 면접관에게 파란색의 부정적 이미지인 쓸쓸하고 차가운 이미지를 주게 된다.

어울리는 색을 입으면 그 색이 가진 긍정적인 면이 그 사람의 캐릭터로서 강조되고, 어울리지 않는 색을 입으면 그 색의 부정적인 이미지가 더 강하게 투영되어 버린다. 어울리는 색을 입으면 눈동자, 머리카락, 피부색과 옷의 색깔이 잘 조화되기 때문에 생기 있고 표정까지도 밝아 보인다. 각 색의 아름다운 점을 끌어내기 때문에 결점을 커버하는 셈이다. 하지만 어울리지 않는 색을 입으면 각 색의 아름다운 점이 발휘되지 않고, 혈색이 나쁘게 보이거나 수척하게 보이거나 해서 건강하지 못한 이미지를 전달하는 경우도 있다. 따라서 긍정적인 첫인상을 어필해야 하는 자리라면 반드시 어울리는 색을 입는 것이 유리하다는 점을 명심하자.

좋아하는 색을 어울린다고 착각하지 말자

강의를 가거나 컨설팅을 할 때 "좋아하는 색과 어울리는 색은 일
치하나요?"라는 질문을 종종 받는다. 물론 관점에 따라서는 좋아
하는 색과 어울리는 색이 같다고 말하는 사람들도 있지만, 가만히
생각해 보면 좋아하는 색이란 대부분 그 색이 가지고 있는 이미지
를 좋아하는 경우가 많다. 예를 들어 핑크를 좋아한다고 생각하는
사람은 사랑스럽고 상냥하고 여성스러운 분홍색의 이미지를 좋아
하는 것이다. 보통 되고 싶은 이미지이거나 왠지 모르게 끌린다거
나 보고 있으면 안정된다거나 익숙하다는 등의 이유로 좋다고 느
낀다.

어울리는 색을 이야기할 때, "난 파란색은 어울리지만, 노란색은 어울리지 않아."라고 딱 잘라 색의 종류를 말하는 사람들이 많은 데 넓게 보면 누구에게나 어울리는 파랑, 어울리는 노랑이 있다. 어울리는 색이란 그 사람이 가지고 태어난 피부색을 보다 건강하고 생생하고 빛나게 만드는 색으로 전체적으로 위화감 없이 잘 조화된 상태를 만들어 주는 색을 말한다. 같은 색이라고 해도 어떤 사람에게는 어울리고 어떤 사람에게는 어울리지 않는 이유는 단지 명도 차이에서 비롯되는 것이 아니라 색상, 명도, 채도와의 조화에 따른 것이다. 따라서 좋아하는 색과 어울리는 색은 반드시 같은 것은 아니다.

어울리는 색이야말로 아름다움의 시크릿이다

어울리는 색이라고 하는 것은 그 사람이 가지고 태어난 피부색을 보다 건강하고 생기 있고 빛나게 해주는 색을 말한다. 예를 들면 까만 눈동자, 까만 머리카락, 하얀 피부를 가진 사람은 색의 대비가 강하기 때문에 선명한 색이나 화려하게 눈에 띄는 색이 어울리지만, 옅은 색을 걸치면 초라한 느낌이 들어 건강해 보이지 않는다. 반대로 연한 갈색 머리에 구릿빛 피부를 갖고, 회색과 갈색의 중간색 눈동자를 가진 사람은 차분하고 연한 색이 잘 어울린다. 이처럼 자신에게 어울리는 색은 개개인의 고유색인 인체 색상에 따라 달라지며 이에 따라 어울리는 색과 피해야 할 색이 구분된다. 자신에게 어울리는 색이 중요한 것은 그 색을 사용함으로써 보다 건강하고 아름답게 보이는 긍정적인 외모의 변화로 한층 더 이미지를 돋보이게 하기 때문이다. 자신에게 어울리는 색이야말로 아름다움의 숨겨진 비밀이다.

어울리는 색의 긍정적인 효과

· 기미, 칙칙함, 다크서클, 주름이 눈에 띄지 않는다.

· 피부에 광택이 나며 밝고 건강하게 보인다.

· 턱 라인이 깔끔하게 정돈되어 보인다.

· 성실하고 품위 있고 청결하게 보인다.

· 마음이 차분해지고 오픈 마인드가 되어 자신감이 생긴다.

· 분위기를 편하고 부드럽게 해서 사람을 끌어당긴다.

어울리지 않는 색의 부정적인 효과

· 기미, 칙칙함, 다크서클, 주름이 눈에 띈다.

· 얼굴에 그림자가 생기거나 피곤하게 보인다.

· 턱 라인의 처짐이 눈에 띈다.

· 신뢰할 수 없고 경박하며 불결하게 보인다.

· 차분하지 않고 자신감이 없고 신경질적으로 보인다.

· 분위기기 좋지 않아서 사람이 가까이 다가오지 않는다.

우선은 웜 타입과 쿨 타입으로 나누자

어울리는 색이야말로 진정한 아름다움의 비밀, 즉 시크릿 컬러였던 것이다. 그렇다면 내게 어울리는 나만의 시크릿 컬러는 무엇일까? 자기에게 어울리는 색을 찾는 방법은 여러 가지가 있지만 어떤 방법이든 가장 먼저 웜 타입(warm type)과 쿨 타입(cool type)으로 나눈다. 어떤 사람이라도 이 2가지 타입 중 어느 한쪽에는 속하게 되어 있다.

웜 타입은 따뜻한 색이 어울리는 타입을 말한다. 일반적으로 난색 계열을 따뜻한 색상이라고 알고 있지만, 난색 계열 안에서도 차가운 빨강이나 차가운 노랑이 있을 수 있다. 같은 빨강이라도 파랑이 섞인 계열은 차갑게 느껴진다. 따뜻한 색은 기본적으로 노란 색감을 가지고 있으며 온화하면서도 동적이고 감성적인 느낌을 준다.

반대로 쿨 타입은 차가운 색이 어울리는 타입을 말한다. 따뜻한 색과 마찬가지로 한색 계열을 차가운 색상으로 알고 있지만, 한색 계열이라도 아쿠아 블루처럼 주황이 가미된 색상은 따뜻하게 느껴진다. 차가운 색은 블루와 무채색 계열의 색상으로 지적이고 부드럽고 정적이며 이성적인 느낌을 준다.

본격적으로 4개의 타입으로 나누자

웜 타입과 쿨 타입이 다가 아니다. 이제 웜 타입과 쿨 타입을 각각 2개로 나눠서 전부 4개의 타입으로 나누자. 웜 타입은 봄과 가을, 쿨 타입은 여름과 겨울로 구분한다.

'사계절 컬러'라고 부르는 이 방법은 독일의 요하네스 이텐(Johannes Itten)에 의해 시작되었다. 따뜻한 색과 차가운 색, 계절에 맞는 색상을 나누고 피부색과 눈동자, 모발의 색을 파악하여 사계절 컬러 유형을 진단했는데 따뜻하고 부드러운 색을 지닌 사람을 봄, 차고 부드러운 색은 여름, 따뜻하면서 짙은 색을 가진 사람은 가을, 차가운 색과 탁한 느낌을 지닌 사람은 겨울로 분류하고 있다. 이러한 사계절 색채를 이해하고 활용하면 보다 성공적인 스타일을 연출할 수 있게 될 것이다.

웜 타입

노란색과 황금색 중심의 옐로 언더 톤(yellow under tone)

봄 타입 명도가 밝고 맑은 색이 어울린다. 생기 있고 발랄한 인상의 사람

가을 타입 명도가 낮고 탁한 색이 어울린다. 여유 있고 차분한 인상의 사람

쿨 타입

파란색과 회색 중심의 블루 언더 톤(blue under tone)

여름 타입 명도가 높고 부드러운 색이 어울린다. 우아하고 부드러운 인상의 사람

겨울 타입 명도가 낮고 선명한 색이 어울린다. 차갑고 화려한 인상의 사람

정확한 진단을 원한다면 기본을 지키자

개인 색채 진단(personal color system)이란 개인이 지닌 개성과 장점을 부각시켜 타인에게 긍정적 이미지를 연출하기 위한 방법의 하나로, 어느 타입에 속하는지는 개인마다 타고난 피부색, 모발 색, 눈동자 색을 보고 진단한다. 이렇게 선천적으로 타고난 자기를 구성하고 있는 색조와 딱 들어맞는 색을 이 책에서는 '시크릿 컬러' 라고 부른다. 앞에서 설명한 사계절 분류법에서는 연상하기 쉽도록 계절의 이름을 붙였지만, 중요한 것은 자신이 어떤 색과 잘 어울리는지를 확실하게 아는 것이다.

사계절 가운데 한 개에 속하는 것이 기본이지만 여러 타입에 걸쳐져 있는 사람도 많기 때문에, 일단은 자기 색의 경향부터 아는 것이 순서다. 셀프 테스트 I로 간단히 체크한 후, 부록으로 제공된 시크릿 컬러 시트를 가지고 셀프 테스트 II를 체크해 나가면 보다 쉽게 자기에게 어울리는 컬러를 찾을 수 있을 것이다. 집에서라면 진단 전에 준비할 것이 있다. 다음 내용을 확인하고 나서 시작해 보도록 하자.

장소

날씨 좋은 날 자연광이 들어오는 밝은 방이면 좋다. 낮 시간대에 전기를 끈 상태에서 하는 것이 좋은데 형광등 아래에서는 전체가 파랗거나 하얗게 되어서 다른 타입으로 진단 결과가 나오기 때문이다.

체크시트 색

체크시트 색은 어디까지나 기준이기 때문에 가장 가까운 색을 선택한다.

메이크업

반드시 노 메이크업으로 진단한다. 태닝 등으로 원래 피부색을 모를 때는 가슴 수위나 필뚝 등 햇볕에 타지 않은 부분으로 확인한다.

모발

염색을 하고 있는 경우에는 머리카락 뿌리 부분의 색으로 진단한다.

복장

입고 있는 옷 색으로 결과가 바뀌는 일도 있기 때문에 흰 옷이나 흰 천으로 상반신을 덮고 진단한다.

액세서리

액세서리나 안경 등은 빛을 반사시켜 피부색을 다르게 보이게 하므로 착용하지 않는다.

컨디션

컨디션은 피부색에 크게 영향을 주기 때문에 컨디션이 나쁠 때는 다른 날을 잡아서 진단한다.

시크릿 컬러 셀프 테스트 Ⅰ

Q1. 당신의 피부색은?
a) 흰 편이다 → Q4   b) 검은 편이다 → Q2

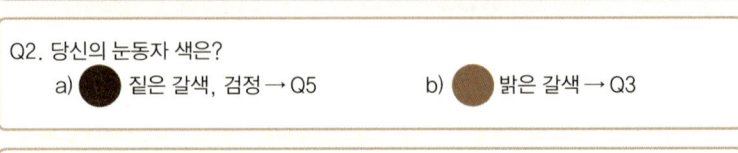

Q2. 당신의 눈동자 색은?
a) 짙은 갈색, 검정 → Q5   b) 밝은 갈색 → Q3

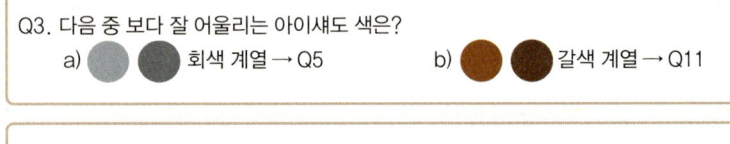

Q3. 다음 중 보다 잘 어울리는 아이섀도 색은?
a) 회색 계열 → Q5   b) 갈색 계열 → Q11

Q4. 당신 눈의 인상은?
a) 강한 편이다 → Q5   b) 부드러운 편이다 → Q7

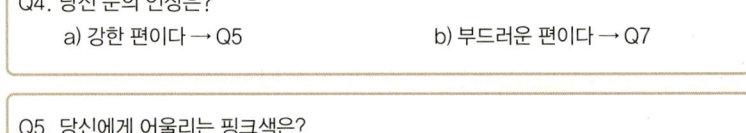

Q5. 당신에게 어울리는 핑크색은?
a) 핫 핑크 → Q10   b) 코럴 핑크 → Q8

Q6. 연핑크나 연노랑 등의 포근하고 사랑스러운 색이 잘 어울리는가?
a) 잘 어울린다 → Q17   b) 잘 어울리지 않는다 → Q14

Q7. 맨 얼굴로 검은색 옷을 입으면?
a) 이목구비가 뚜렷하게 보인다 → Q10   b) 얼굴색이 안 좋아 보인다 → Q5

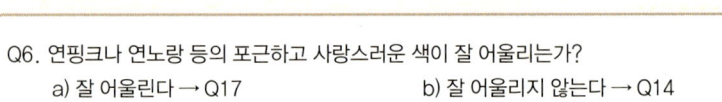

Q8. 당신에게 잘 어울리는 액세서리는?
a) 골드(금) 제품 → Q6   b) 실버(은) 제품 → Q9

Q9. 황토색, 겨자색, 이끼색, 적갈색 등 차분하고 고상한 색이 잘 어울리는가?
a) 잘 어울린다 → Q15   b) 잘 어울리지 않는다 → Q6

Q10. 당신의 첫인상은?

    a) 강한 인상 → Q13   b) 부드러운 인상 → Q11   c) 평범한 인상 → Q8

Q11. 햇볕에 노출되면 어떻게 되는가?

    a) 잘 탄다 → Q9   b) 잘 타지 않는다 → Q8   c) 어느 쪽도 아니다 → Q12

Q12. 당신의 이미지는?

    a) 친근감 있고 부드러운 이미지 → Q17   b) 강하고 차가운 이미지 → Q14

Q13. 잘 어울리는 색은?

    a) 선명한 원색 → Q14   b) 부드러운 파스텔 색 → Q8

Q14. 얼굴 가까이에 대보았을 때 잘 어울리는 꽃은?

    a) 🔴 붉은빛의 장미 → Q18   b) 🔴 핑크빛의 튤립 → Q17

Q15. 당신의 헤어 컬러는?

    a) 진한 갈색, 진한 검정 → Q18   b) 밝은 갈색, 부드러운 검정 → Q14

Q16. 당신의 얼굴은 어려 보이는 편인가?

    a) 그렇다 → **봄**   b) 그렇지 않다 → **가을**

Q17. 당신에게 잘 어울리는 스웨터 색은?

    a) 노란 기가 있는 따뜻한 색 → Q16   b) 푸른 기가 있는 차가운 색 → **여름**

Q18. 당신이 어두운색 정장을 입는다면 어울리는 색은?

    a) 검정, 회색 계열 → **겨울**   b) 다크 브라운 계열 → **가을**

시크릿 컬러 셀프 테스트 II

피부의 기미, 칙칙함, 주름이 눈에 띄지 않고 피부색이 밝고 건강하게 보이며 혈관이 눈에 띄지 않는 쪽을 골라 체크한다. 다크서클이 눈에 띄지 않고 턱 라인이 선명하게 보이고 눈동자는 반짝반짝 빛나고 머리카락은 찰랑찰랑 윤기 나게 보이는 등이 기준이 된다.

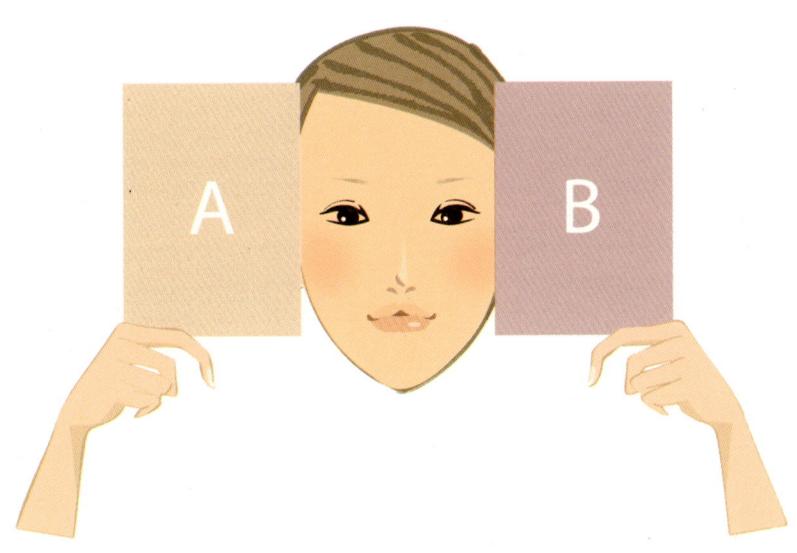

284쪽에 있는 진단지 A, B를 처음에는 동시에 2장의 카드를 좌우 손에 쥐고 얼굴에 가까이 댄다. 다음에는 1장씩 대본다. 좌우교차해 가면서 여러 번 반복해서 체크한다.

핑크 진단

1) 거울 앞에서 284쪽에 있는 A와 B 카드를 각각 좌우의 손에 쥐고 동시에 뺨에 가까이 대보자. 피부색이 깨끗하게 보이는 것은 어느 쪽인가? 피부가 더욱 깨끗하게 보이는 쪽 카드의 알파벳에 체크해 둔다.

A)

B)

2) 다음으로 286쪽에 있는 C와 D 카드를 손에 들고 1)과 똑같이 뺨에 가까이 대보자. 어느 쪽의 카드일 때 피부색이 더 깨끗하게 보이는가?

C)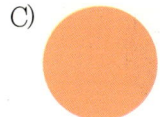

D)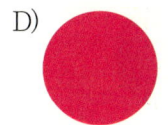

3) 다음으로 1), 2)에서 선택한 카드를 1장씩 뺨에 가까이 대보자. 어느 쪽의 카드일 때 피부색이 보다 깨끗하게 보이는가?

A) B)  C) 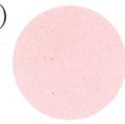 D)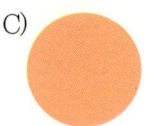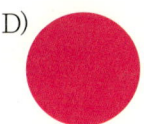

브라운/그레이로 진단

1) 거울 앞에서 288쪽에 있는 E와 F 카드를 각각 좌우의 손에 쥐고 동시에 뺨에 가까이 대보자. 피부색이 깨끗하게 보이는 것은 어느 쪽인가? 피부가 더욱 깨끗하게 보이는 쪽 카드의 알파벳에 체크해 둔다.

E)
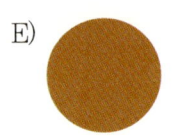

F)

2) 다음으로 290쪽에 있는 G와 H 카드를 손에 들고 1)과 똑같이 뺨에 가까이 대보자. 어느 쪽의 카드일 때 피부색이 더 깨끗하게 보이는가?

G)
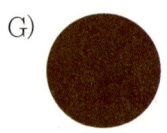

H)
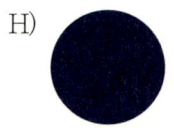

3) 다음으로 1), 2)에서 선택한 카드를 1장씩 뺨에 가까이 대보자. 어느 쪽의 카드일 때 피부색이 보다 깨끗하게 보이는가?

E)
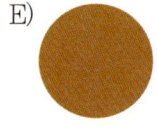

F)
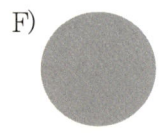

G)
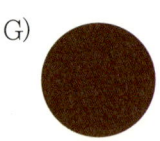

H)

진단 결과

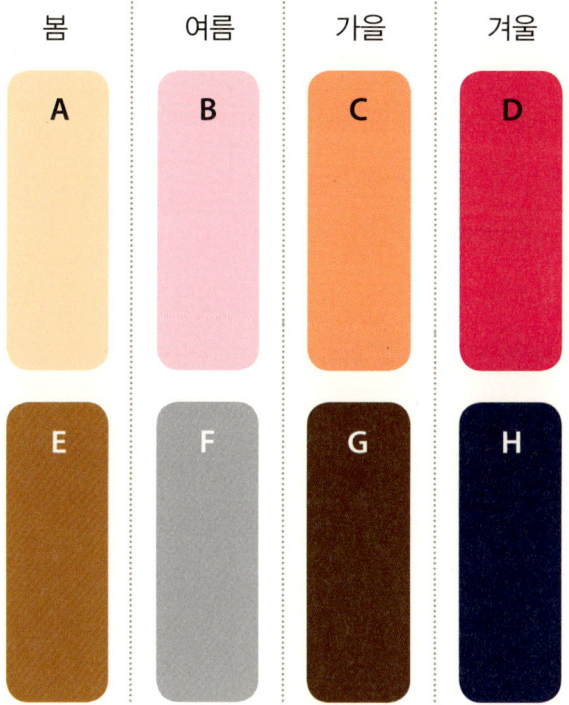

봄	여름	가을	겨울
A	B	C	D
E	F	G	H

시크릿 컬러는 누구나 찾을 수 있다

2개의 셀프 테스트 진단 결과 같은 타입이 나오는 것이 이상적이다. 그러나 앞에서 설명한 것처럼 여러 타입에 걸쳐지는 사람도 있다. 2개의 진단 결과가 각각 다르게 나온 경우에는 친구와 같이 해보는 등 가능한 한 객관적으로 진단해 보도록 하자. 또 옷장에 가득 찬 옷으로 진단할 수도 있다. 평소 입으면 피부가 깨끗하게 보인다고 생각하는 색의 옷 위에 셀프 진단했던 모든 시트를 얹어 보자. 평소 당신을 예뻐 보이게 하는 옷 색깔과 시트의 색이 잘 어울리거나 그 조합이 세련되어 보인다면 그 시트의 색이 알려주는 타입이 바로 당신의 시크릿 컬러가 되는 경우도 있다.

최근에는 태닝이나 염색, 컬러 콘택트렌즈 등으로 피부색이나 눈동자, 모발 색을 바꾸는 사람도 많이 있다. 만약 원래의 피부, 눈동자, 모발 색과는 다른 색을 계속 유지해 나갈 생각이라면 우선은 갖고 태어난 천연의 색으로 진단한 후, 한 번 더 바뀐 색으로도 체크한다. 타고난 원래의 피부색을 우선으로 할지, 전체 컬러 이미지를 우선으로 할지에 따라서 시크릿 컬러가 바뀌게 된다. 아무리 해도 모르겠다면 전문 컬러 컨설턴트에게 진단을 받아볼 것을 추천한다.

봄 타입은 경쾌하고 발랄하며 귀여운 스타일이다

봄은 밝고 화사하며 부드럽고 온화하다. 또 따뜻한 생명력과 에너지를 느낄 수 있는 계절이다. 봄의 색상은 노란색을 바탕으로 하는 모든 계열의 색으로 색상과 상관없이 따뜻하고 선명하며, 선명한 레드, 블루, 그린, 오렌지, 바이올렛 등이 여기에 속한다.

명도와 채도가 높은 강한 원색이 주를 이루고 생동감 있고 투명한 색으로 젊음을 나타낸다. 이 타입의 사람은 생기발랄하고 젊은 느낌을 주며, 피부색은 부드러운 느낌이 드는 노르스름한 톤으로 베이지빛이 감돌거나 붉은빛이 감돌아 따뜻하게 보인다. 매끄럽고 맑으며 피부가 얇기 때문에 얼굴에 주근깨 같은 잡티가 생기기 쉽다. 눈동자 색은 밝은 갈색으로 빛이 나고 맑아 보인다. 모발 색은 대체로 눈동자 색과 비슷한 밝은 갈색이다. 대표적인 봄 이미지는 큐트, 프리티, 캐주얼, 스포티한 느낌에 어울리며 귀엽고 발랄하다.

Spring Style

피치
Peach

라이트 오렌지 레드
Light orange red

미디엄 옐로 그린
Medium yellow green

여름 타입은 로맨틱하고
여성스러운 스타일이다

여름은 싱그러움과 푸르름이 가득 찬 시원한 느낌이다. 여름의 색상은 흰색과 파란색을 바탕으로 하는 모든 계열로 색상이 튀지 않는 부드러운 파스텔과 자연스럽고 내추럴한 색들이 여기 속한다. 전체적으로 흰빛을 지니고 있어 불투명한 것이 특징이다.

피부색은 희고 푸른빛을 지닌 차갑고 부드러운 톤으로 복숭아빛이나 핑크빛이 살짝 돈다. 햇볕에 잘 타지 않고 붉어지는 얇은 피부를 가지고 있다. 머리카락과 눈동자 색은 비교적 회색을 가미한 갈색으로 상냥하고 부드러운 느낌을 준다. 대표적인 여름 이미지는 로맨틱, 엘레강스, 노블, 심플, 쿨한 느낌에 어울리며 다소 차가우면서도 부드러움을 겸비한 이지적인 이미지로 우아하고 여성스럽다.

Summer Style

로즈 베이지
Rose beige

오키드
Orchid

라벤더
Lavender

가을 타입은 내추럴하고 클래식한 스타일이다

가을은 풍요로움과 들판에 곡식이 가득 찬 황금빛을 띄면서 따사로운 햇살 같은 차분한 안정감을 준다. 같은 웜 타입이지만 봄의 색보다는 어둡고 짙은 색으로 채도와 명도가 낮아 깊고 풍성한 이미지이며, 골드, 브라운, 베이지, 카키, 그린 계열 등이 여기 속한다.

피부색은 노르스름하며 윤기가 없고, 얼굴의 혈색도 없는 편이다. 봄의 피부색보다는 짙으며 햇볕에 잘 타는 편이어서 쉽게 갈색으로 변하는 특징이 있다. 눈동자는 짙은 황갈색 계열로 그윽하고 포근한 느낌을 주며 머리카락은 윤기 없는 짙은 갈색이다. 대표적인 가을 이미지는 내추럴, 레드와 브라운 계열의 고급스러움, 과장되지 않은 클래식, 자연의 강렬한 색을 지닌 에스닉한 느낌이며, 따뜻하고 부드러운 이미지로 상대방에게 친근감과 편안함을 준다.

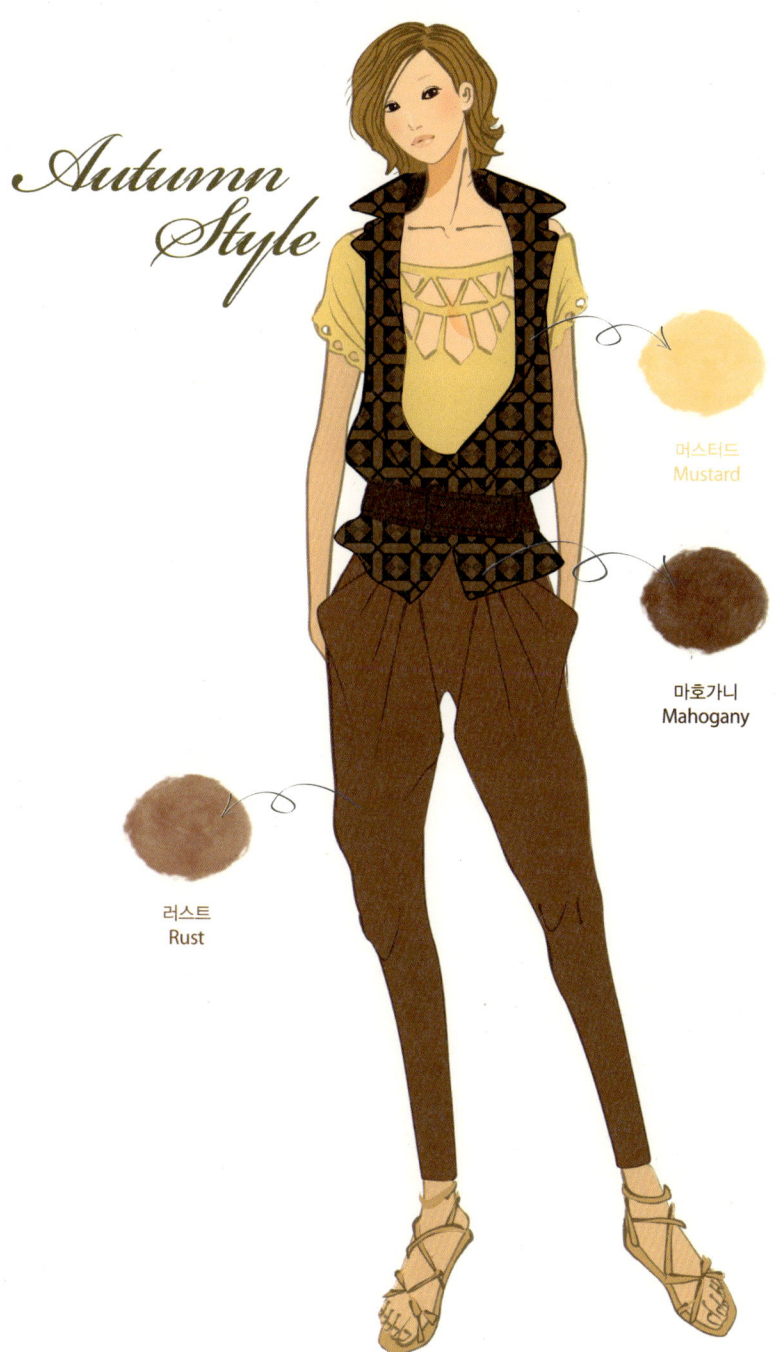

Autumn Style

머스터드
Mustard

마호가니
Mahogany

러스트
Rust

겨울 타입은 심플하고 모던한 스타일이다

겨울은 순백색의 흰 눈과 차가운 얼음, 무채색에 가까운 자연과 빛에 반사되는 푸른빛을 지닌 색으로 채도가 높은 밝고 선명한 색과 강하면서도 가라앉은 짙은 색이 주를 이루어 강한 대비를 형성한다. 선명한 대비로 전체적으로 깨끗한 이미지를 주면서 때론 차가운 원색으로 화려한 이미지를 주기도 한다. 겨울 색상은 화이트와 블루를 바탕으로 하는 대비가 강한 색과 블랙과 화이트 등 선명하고 어두운 계열이 주를 이룬다.

피부색은 희고 푸른빛을 지니고 있어 차갑고 창백해 보이며 얇고 투명한 피부를 가지고 있다. 눈동자 색은 검은색이나 짙은 회갈색으로 흰 피부와 대조를 이루어 세련된 이미지를 주며, 모발 색 또한 푸른빛이 들어간 짙은 갈색이나 검은색이 주를 이룬다. 대표적인 겨울 이미지는 소피스트케이트나 비즈니스 룩 느낌에 어울리며 선명하고 강렬한 전형적인 도시적 세련미를 표현한다.

Winter Style

블랙
Black

퓨어 화이트
Pure white

라이트 트루 그레이
Light true gray

기본을 알아야 트렌드를 입을 수 있다

올봄은 핑크로 승부하라, 올해는 화이트가 대세다, 이렇게 매 시즌마다 여러 가지 색이 트렌드 컬러라는 이름으로 유행한다. 아무리 유행하는 색이라도 나한테 어울리지 않으면 피곤해 보이거나 안색이 안 좋아 보일 수 있다. 이럴 때 자기 자신을 가장 아름답게 보여 줄 수 있는 색의 특징을 알고 있으면, 언제든지 적극적으로 유행하는 컬러를 즐길 수 있다. 셀프 테스트 결과 자신의 컬러 타입이 자기가 좋아하는 색이나 갖고 있는 옷 색과 다른 경우도 많을 것이다. 그렇다고 낙심할 필요는 전혀 없다. 지금부터 설명할 각 타입별 색의 특징을 알고 나면 어울리지 않는 색이라도 본래 어울리는 색처럼 스타일리시하게 사용할 수 있게 된다.

자기에게 어울리는 색을 안다는 것은, 색과 자신의 관계를 잘 이해하고 색으로 보충할 수 없는 부분을 메이크업이나 실루엣, 소재나 헤어스타일 등으로 커버할 수 있다는 것을 의미한다. 어울리지 않는 색을 입더라도 전체적으로 잘 어울리면 스타일리시하다. 색을 능숙하게 사용할 수 있는 사람은 자기에게 어울리는 색도, 어울리지 않는 색도 잘 알기 때문에 언제, 어디서라도 자신을 가장 멋지게 연출할 수 있다.

봄 타입은 노란빛을 띄고 있어야 한다

Best Color

어울리는 색

navy

밝고 붉은빛이 도는 가지 색이나 파랑에 가까운 감 색이 어울린다. 청바지도 밝은색을 추천한다.

gray

노란빛이 도는 약간 따뜻 해 보이는 부드러운 회색 이 어울린다.

white

노란빛이 도는 밝은 아 이보리 화이트. 더욱 하 얗길 바란다면 여름 타 입의 소프트 화이트로 부드러운 인상을 준다.

black

투명한 소재나 벨벳 등 소 재 자체가 화려한 것이나 피부의 노출이 많은 디자 인으로 선택하는 것이 좋 다.

brown

밝은 밀크티 같은 베이 지, 캐멀, 밀크 초콜릿 같 은 밝은 골드 브라운이 잘 어울린다.

Worst Color

navy

gray

white

푸른빛이 강한 회색이나 너무 진한 차콜 그레이는 수수하게 보이기 쉬우므로 주의한다.

무거운색은 어울리지 않기 때문에 짙은 감색이나 초록이 들어 있는 감색은 어울리지 않는다. 밝은색과 조합하는 것이 좋다.

겨울 타입의 푸른빛이 도는 순백색은 너무 강해서 쓸쓸하고 피곤하게 보인다. 가을 타입의 오이스터 화이트도 좀 칙칙하게 보이므로 주의한다.

brown

black

가을 타입의 갈색 같은 진하고 수수한 갈색은 어울리지 않는다. 그래도 사용한다면 얼굴에서 멀리하거나 소량으로 한다. 큰 면적에 착용해야 하는 경우에는 소품 색을 밝은 것으로 한다.

화장을 제대로 하고, 디자인, 소재, 분량에 신경을 쓰고 봄 팔레트 컬러를 악센트로 연출한다.

Spring - Accent Color

Best Color

어울리는 색

yellow

밝은 크림색 같은 담황색, 계란색에서 카나리아 옐로 같은 선명한 노랑까지 매우 잘 어울린다.

red

밝고 선명한 오렌지에서 오렌지 레드, 주홍 등 노란빛이 도는 밝은 빨강이 어울린다.

blue

겨울 타입의 트루 블루보다 아쿠아 블루 같은 선명한 파랑이 잘 어울린다.

green

노란빛이 있고 선명한 어린 풀색의 그러데이션. 밝고 프레시한 옐로 그린이 잘 어울린다.

pink

옅은 웜 파스텔 핑크에서 피치 계열, 화려한 코럴 핑크까지 약간 노란빛이 섞인 밝은 핑크가 어울린다.

purple

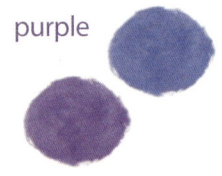

밝고 선명한 바이올렛은 리조트나 파티에서 화려하게 어울린다. 등나무꽃 같은 페리윙클 블루도 청초하고 시원해 보이는 인상을 준다.

주의해야 할 색

yellow

red

겨울이나 여름 타입의 블루 레드나 짙은 빨강은 어둡고 무서운 인상이 된다. 입을 경우에는 베이지나 캐멀과 조합한다.

잘 어울리는 노란색이라도 가을 타입의 머스터드나 황토색은 칙칙해서 우울해 보일 수 있으므로 주의한다.

blue

여름 타입의 그레이시한 블루는 쓸쓸해 보이고, 가을 타입의 탁한 파랑은 우울해 보인디.

green

겨울 타입의 깊은 그린 계열이나 가을 타입의 탁한 밀리터리 계열의 그린은 얼굴색이 칙칙하고 어두워 보인다.

pink

겨울 타입의 마젠타나 여름 타입의 연보라같이 푸른빛이 너무 진하거나 탁한 핑크는 어울리지 않는다.

purple

겨울 타입의 로열 퍼플 같은 짙은 보라는 너무 어둡기 때문에 피한다. 꼭 입어야 한다면 베이지 등 밝은색과 함께 입는 것이 좋다.

SPRING COLOR PALETTE

ivory	buff	light warm beige
light warm gray	light clear navy	light clear gold
bright yellow green	apricot	light orange
warm pastel pink	coral pink	clear bright warm pink
light periwinkle blue	dark periwinkle blue	light true blue

light camel	golden tan	medium golden brown
bright golden yellow	pastel yellow green	medium yellow green
peach	clear salmon	bright coral
clear bright red	light orange red	medium violet
light warm aqua	clear bright aqua	medium warm turquoise

여름 타입은 흰빛을 띄고 있어야 한다

Best Color

어울리는 색

navy

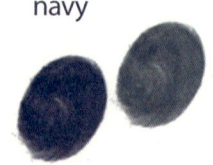

감색은 잘 어울리지만 약간 회색이 섞인 스모키한 그레이 네이비가 특히 잘 어울린다. 검정 대신 사용하면 좋다.

gray

스모키한 그레이 계열, 특히 블루가 약간 섞인 밝은 블루 그레이가 잘 어울린다.

black

검정은 너무 강하므로 소재를 모헤어같이 부드러운 것으로 하거나 사용하는 분량을 적게 한다.

white

창호지 같은 부드러운 느낌의 소프트 화이트가 잘 어울린다.

brown

약간 핑크빛이 도는 스모키한 로즈 베이지, 코코아, 로즈 브라운 등이 잘 어울린다.

Worst Color

주의해야 할 색

navy

겨울 타입의 짙은 감색은 검정과 마찬가지로 너무 강해 보이기 때문에 함께 코디해서 입는 이너 웨어의 색을 부드럽게 조절한다.

gray

겨울 타입의 트루 그레이는 너무 강하고, 봄 타입의 노란빛이 도는 웜 그레이는 인상이 희미하게 보이므로 주의한다.

black

화장을 깔끔하게 하고, 디자인, 소재, 분량에 신경 쓰고, 여름 팔레트 컬러를 악센트로 화려하게 보이도록 연출한다.

white

아이보리 같은 노란빛이 도는 흰색은 안색을 나빠 보이게 한다. 겨울 타입의 푸른빛이 도는 표백한 듯한 순백색은 인상이 너무 강하게 보인다.

brown

노란빛이 강한 캐멀이나 가을 타입의 진한 갈색 계통은 어두워 보이기 때문에 사용하는 분량에 주의한다.

Best Color

어울리는 색

pink

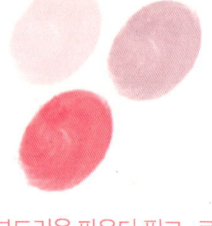

부드러운 파우더 핑크, 로
즈 핑크, 선명한 디프 로
즈 등 어떤 핑크라도 잘 어
울린다. 푸른빛이 강한 연
보라빛 핑크, 연보라색,
소프트 핑크도 여름 타입
만의 분홍색이다.

green

푸른빛이 강하고 파우더
리한 블루 그린 계열이 잘
어울리는 초록색이다. 민
트를 생각하게 하는 부드
럽고 상쾌한 그린과의 그
러데이션도 좋다.

red

수박 같은 푸른빛이나 노
란빛 어느 쪽에도 치우치
지 않는 빨강, 블루 레드,
버건디, 라즈베리 등과
깊은 빨강도 멋지게 잘 어
울린다.

yellow

파우더리하고 푸른빛이
도는 셔벗 같은 라이트 레
몬 옐로가 잘 어울리는 노
란색이다.

blue

파우더 블루, 스카이 블
루, 파스텔 아쿠아, 그레
이 블루 등 흰색이나 회색
이 섞인 파우더리한 파란
색이 잘 어울린다.

purple

라벤더, 페리윙클 블루처
럼 수국 같은 미묘한 그
러데이션, 붉은빛이 도는
자두색 등 어울리는 보라
는 많다.

Worst Color

pink

노란빛이 든 코럴 핑크나 새먼 핑크, 너무나 선명한 핫 핑크, 마젠타는 어울리지 않는다.

red

오렌지나 오렌지 레드 계열은 노란빛이 너무 강하기 때문에 얼굴색이 나빠 보이므로 주의해서 사용한다.

blue

green

겨울 타입이나 가을 타입의 짙은 그린이나 탁한 그린, 봄 타입의 옐로 그린도 노란빛이 너무 강하므로 피하는 것이 좋다.

yellow

노란빛이 강해서 탁한 가을 타입의 골드나 머스터드, 봄 타입의 브라이트 골든 옐로는 얼굴색이 안 좋아 보이므로 피한다.

겨울 타입의 선명한 로열 블루는 소량으로 사용한다. 가을 타입의 틸 블루나 터쿼이즈는 노란빛이 있고 짙은 색이기 때문에 안 어울린다.

purple

겨울 타입의 로열 퍼플처럼 너무 진해지지 않도록 주의한다. 옅은 것에서 중간 정도까지 농도의 보라색으로 선택한다.

SUMMER COLOR PALETTE

soft white

rose beige

cocoa

grayed navy

gray blue

powder blue

pastel aqua

pastel blue green

medium blue green

pastel pink

rose pink

deep rose

lavender

orchid

mauve

rose brown	light blue gray	charcoal blue gray
deep blue green	medium blue	periwinkle blue
deep blue green	light lemon yellow	powder pink
watermelon	blue red	burgundy
raspberry	soft fuchsia	plum

가을 타입은 황금빛을 띠고 있어야 한다

Best Color

어울리는 색

white

먹는 굴에서 볼 수 있는 탁하고 수수한 흰색, 코튼 소재 본래의 소박한 색, 앤티크 레이스 같은 노란빛이 있는 흰색이 잘 어울린다.

gray

중간부터 짙은 회색까지, 초록색이나 노란색이 섞인 것 같은 복잡한 뉘앙스가 있는 회색 쪽이 어울린다.

brown

차분하고 어두운 베이지, 캐멀, 커피 브라운, 진한 다크 초콜릿 브라운, 마호가니 등 갈색 계열은 다 잘 어울린다.

navy

회색이 도는 진한 군청색이 잘 어울린다. 감색에도 미묘하게 노란빛이 포함되어 있기 때문에 어울린다.

black

진한 색이 잘 어울리는 가을 타입이라면 검정이 어울리지만 황금빛이나 약간 탁한 가을 타입이라면 흰색이 많이 섞인 듯한 소재나 디자인으로 연출하는 것이 좋다.

Worst Color

주의해야 할 색

navy

감색을 입는 경우라면 베이지나 캐멀, 브론즈, 마호가니 등 가을 타입의 컬러와 코디하면 멋지게 연출된다.

gray

라이트 트루 그레이나 라이트 웜 그레이는 너무 흐리다. 그레이드 옐로 그린이나 올리브 그린을 회색 대신 사용해도 좋다.

black

갈색이나 캐멀과 코디하거나 금색이나 브론즈 액세서리와 메이크업으로 커버하면 스타일리시하게 연출할 수 있다.

white

겨울 타입의 푸른빛이 있는 순백색은 너무 강해 보인다. 노란빛이 없는 흰색이라면 여름 타입의 소프트 화이트를 선택한다.

brown

봄 타입의 밝고 깨끗한 갈색 계열은 가볍고, 싸구려로 보이기 쉽기 때문에 피하는 것이 좋다. 수수하게 보이는 시크한 갈색 계열이 잘 어울린다.

Autumn - Accent Color

Best Color

어울리는 색

pink

노란빛이 있는 탁하고 진한 피치나 새먼 등 앤티크한 이미지가 들어 있는 핑크가 잘 어울린다.

green

포레스트 그린, 올리브 그린, 모스 그린, 제이드 그린, 샤르트뢰즈 등 노란빛이 도는 밀리터리 초록색 계열이 잘 어울린다.

red

스파이시한 오렌지, 오렌지 레드, 붉은 고추 같은 다크 토마토 레드, 녹슨 철 같은 러스트 컬러도 어울린다.

blue

노란빛이 섞여 있고 약간 깊이 있는 트루 블루나 터쿼이즈, 보랏빛이 들어 있는 디프 페리윙클 블루 등 개성 있고 차분한 청색 계열이 잘 어울린다.

yellow

깊이와 수수함이 있는 노란색을 고른다. 단풍 든 은행잎 같은 옐로 골드, 부드러운 머스터드, 골드나 호박, 테라코타도 개성 있어 보인다.

purple

겨울 타입의 로열 퍼플은 비교적 어울린다. 디프 페리윙클 블루나 여름 타입의 페리윙클 블루도 보라색으로 사용할 수 있다.

Worst Color

주의해야 할 색

red

봄 타입의 밝고 깨끗한 빨강은 너무 가벼워서 둥둥 떠 보인다. 겨울이니 어름 타입의 푸른빛이 강한 빨강도 초라해 보이기 때문에 화장을 완벽하게 하는 것이 좋다.

yellow

밝은 레몬 옐로나 브라이트 골든 옐로는 너무 지나치게 심플해서 떠 보이기 때문에 피하는 것이 좋다.

pink

겨울이나 여름 타입의 푸른빛이 강한 핑크는 떠 보인다. 핑크를 입을 때는 진한 듯한 가을 타입 컬러로 코디하는 것이 안정되어 보인다.

blue

봄이나 겨울 타입의 지나치게 선명한 파랑을 입으면 싸구려처럼 보이기도 한다. 여름 타입의 파랑이 너무 많으면 쓸쓸한 이미지가 되기 때문에 피하는 것이 좋다.

green

봄 타입의 밝고 선명한 옐로 그린이나 여름 타입의 블루 그린은 너무 가벼워서 어울리지 않으므로 주의한다.

purple

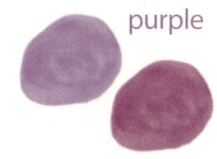

봄 타입의 선명한 바이올렛이나 옅은 페리윙클 블루, 소프트 핑크는 색이 바랜 것처럼 보이므로 피하는 것이 좋다.

AUTUMN COLOR PALETTE

oyster white	warm beige	coffee brown
gold	medium warm bronze	yellow gold
rust	deep peach	salmon
dark tomato red	lime green	chartreuse
olive green	jade green	forest green

dark chocolate brown

mahogany

camel

mustard

pumpkin

terracotta

orange

orange red

bittersweet red

deep yellow green

moss green

grayed yellow green

turquoise

teal blue

deep periwinkle blue

겨울 타입은 푸르거나 검은빛을 띠고 있어야 한다

Best Color

어울리는 색

navy

미드나잇 블루라고 불리는 검정에 가까운 짙은 감색이 잘 어울린다. 감색을 입어도 제복 같지 않고 세련되며 여성스럽게 입을 수 있다.

gray

아무것도 섞이지 않은 트루 그레이라면 밝은 톤부터 다크 차콜까지 다 잘 어울린다.

black

검정을 입으면 얼굴에 강약이 생겨 매우 화려하게 보이는 타입이다. 상복이나 심플한 검정의 스웨터라도 럭셔리한 인상이 된다.

white

표백한 것 같은 푸른빛이 도는 순백색은 드라마틱하고 상쾌한 이미지를 준다. 인상을 부드럽게 연출하고 싶다면 여름의 소프트 화이트를 사용한다.

brown

가을 타입의 초콜릿 브라운 같은 검정에 가까운 갈색이나 회갈색같이 노란빛이 적은 것이 어울린다.

Worst Color

navy

여름 타입의 감색같이 뿌
옇고 탁한 감색이나 봄 타
입의 밝은 감색은 흐릿하
게 보이므로 어울리지 않
는다.

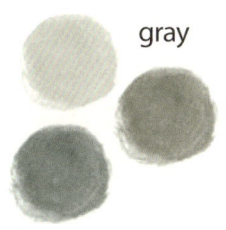

gray

노란빛이 도는 회색은 어
울리지 않는다. 옅은 회
색은 진한 색과 코디해서
대비를 주면 보다 멋지게
보인다.

white

봄이나 가을 타입의 노란
빛이 도는 흰색은 얼굴색
이 안 좋고 피곤하게 보
이기 때문에 피하는 것
이 좋다.

black

검정은 잘 어울리지만 너
무 단순해지지 않도록 다
른 겨울 타입 컬러를 악센
트로 사용하면 다양한 이
미지를 연출할 수 있다.

brown

봄이나 가을 타입의 갈색
같은 노란빛의 갈색은 얼
굴색이 누렇고 피곤해 보
이기 때문에 피하는 것이
좋다.

Winter - Accent Color

Best Color

어울리는 색

pink

푸른빛이 강하고 확실한 핫 핑크, 마젠타, 자홍색 등 선명하고 섹시한 핑크가 잘 어울린다.

green

열대 정글을 연상하게 하는 선명한 트루 그린이나 뚜렷한 에메랄드 그린, 상록수의 파인 그린이 어울린다.

red

트루 레드 같은 정열적인 빨강에서 푸른빛이 있는 블루 레드, 버건디 등 깊이 있고 어른스러워 보이는 빨강이 잘 어울린다.

yellow

푸른빛이 강한 겨울 타입에게 유일하게 어울리는 노란색은 푸른빛이 도는 또렷한 레몬 옐로. 형광 등 같은 차가움이 포인트이다.

purple

고귀한 인상의 로열 퍼플은 겨울 타입이 몸에 걸치면 독특한 매력을 끌어낼 수 있다. 옅은 아이스 퍼플도 여성스럽고 시원한 느낌이다.

blue

진하고 선명한 로열 블루나 트루 블루는 화려하고 품위 있으며 지적인 인상을 주고 터쿼이즈, 차이니스 블루는 스포티한 인상을 준다.

Worst Color

pink

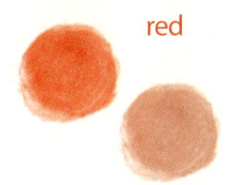

red

봄 타입의 노란빛이 도는 선명한 빨강은 형광색처럼 떠 보인다. 오렌지 계열도 노란빛이 너무 강해서 얼굴색이 나쁘게 보이기 때문에 피하는 것이 좋다.

봄이나 가을 타입의 노란빛이 도는 핑크는 얼굴색이 칙칙하게 보이고, 파우더리한 여름 타입의 핑크는 희미하게 보이기 때문에 피하는 것이 좋다.

green

가을 타입의 탁한 그린 계열이나 봄 타입의 선명하고 노란빛이 강한 옐로 그린은 피하는 것이 좋다.

yellow

blue

노란빛이 도는 아쿠아 블루, 틸 블루는 피한다. 여름에는 아이스 블루 같은 옅은 색을 진한 색과 맞춰 콘트라스트를 즐긴다.

봄이나 가을 타입의 노란색은 칙칙해서 피곤하게 보이기 때문에 피한다. 노란색은 감색이나 검정 등 짙은 색과 맞추는 것이 좋다.

purple

봄 타입의 선명한 보라는 분량을 적게 사용할 것. 여름 타입의 탁한 중간색 보라를 입는다면 흐릿해 보이므로 화장을 또렷하게 해서 커버한다.

WINTER COLOR PALETTE

pure white	light true gray	medium true gray
navy blue	true blue	royal blue
light true green	true green	emerald green
magenta	fuchsia	royal purple
icy green	icy yellow	icy aqua

charcoal gray	black	gray beige
hot turquoise	chinese blue	lemon yellow
pine green	shocking pink	deep hot pink
bright burgundy	deep blue red	true red
icy violet	icy pink	icy blue

나도 모르는 내 마음을 보여 주는 색

웜 타입

직감		직감이 뛰어나다. 어떤 일에 대해서 마음을 연 상태로 다양한 감성을 받아들일 수 있다.
예술성		자신의 내면에 있는 것을 밖으로 발신하고 싶다고 생각하고 있지 않은가? 예술적인 마음의 움직임이 활발하다.
아이디어		새로운 아이디어가 속속 떠오른다. 재치가 싹트고 있는 때이다.
커뮤니케이션		사람과 적극적으로 관련되어서 다른 사람의 마음을 잘 받아들일 수 있는 상태이다.
관용		어떤 일에 상당히 관용적인 상태이다. 부드럽고 자연스럽게 대인 관계를 구축할 수 있다.
조화		자기만의 시간을 만들고 자기 자신을 느긋하게 되돌아보자.
발랄		새로운 생각을 적극적으로 도입하려고 하고 있다. 발랄하고 낙천적이지만 자기중심적이 되지 않도록 주의한다.
자유로운 발상		다양한 것에 대해서 의욕적으로 자기 표현을 할 수 있을 때이다.
협조		어떠한 상황에서도 임기응변으로 대응할 수 있는 유연성이 있다.
건강		유머나 웃음이 자연스럽게 샘솟는 것 같은 오픈 마인드로 가득 차 있다.
활동성		정열적이고 활동적인 상태이다. 사교적이고 밝은 인상이 보인다.
적극성		의욕이 왕성한 시기로 대외적인 활동 에너지가 강하게 느껴진다.

색은 사람의 마음을 지배하는 힘이 있다. 의욕이 충만할 때와 피곤할 때 신경 쓰이는 색은 당연히 다르다. 자신의 타입 중에서 마음에 끌리는 색을 하나 골라 보자. 지금 나의 마음 상태를 알 수 있다.

쿨 타입

섬세		섬세한 마음을 나타낸다. 아름다운 것에 마음이 끌리는 섬세한 감수성을 더욱 높이자.
자부심		가치 있는 것을 바르게 평가할 수 있다. 자부심 높은 정신을 나타낸다.
부드러움		평화를 좋아하는 온화한 상태이다. 조용한 가운데 밝음이 있는 반면, 자신감이 없는 일면을 볼 수 있다.
성실		차분하고 냉정한 판단을 하는 데 적합하다. 요즘 약간 내성적이지 않은가?
진중		외향성, 내향성의 밸런스를 잡고 있지만, 조금 피곤한 상태인 것 같다.
안정		밸런스를 잡은 차분한 상태이다.
솔직		타인의 의견이나 새로운 사고방식에도 너그럽고 어떤 일에 대해서 솔직한 상태이다.
쾌활		밝게 빛나고 있어서 긍정적인 행복감을 주고 있다.
배려		현재의 자신에 만족하고 있는 상태이다. 조금 누군가에게 의지하고 싶다고 생각하고 있는 것 같다.
호기심		호기심이 왕성하고 흥미 있는 것을 찾고 있다. 약간 곤란한 상황도 뛰어넘을 수 있는 강인함이 있다.
적극성		적극적이면서 인내심이 강하게 행동할 수 있을 때이다.
리더십		리더십을 발휘할 수 있는 자리에 적합하다.

STEP4
Fashion Color

Basic Color
Business Color
Casual Color
Party Color

Basic Color

봄 타입은 젊은 이미지로 연출한다
여름 타입은 페미닌한 이미지로 연출한다
가을 타입은 어른스러운 분위기를 만든다
겨울 타입은 개성적인 이미지를 어필한다

Spring - Basic color

봄 타입은 젊은 이미지로 연출한다

Pretty

밝고 귀여운 '프리티' 이미지에는 리본이나 꽃 장식, 프릴 등 부드럽고 귀여운 복장을 추천한다. 따뜻한 계열의 밝고 맑은 색을 기본으로 여러 가지 색을 즐겨 보자.

Accessory

작은 꽃 귀걸이, 브로치, 코르사주 등을 사용하면 얼굴 주위를 밝게 연출할 수 있다. 골드를 사용하면 반짝반짝 귀여운 인상이 된다. 하트나 별 모양의 컬러풀한 디자인도 추천한다.

Step up

가벼운 소재에 꽃 액세서리를 해본다.

레이스나 오건디 같은 부드러운 소재는 경쾌하고 상쾌한 인상을 더욱 돋보이게 한다. 소품으로는 컬러풀한 양말이나 가방, 플랫 슈즈 등을 골라 보자.

Pretty

코럴 핑크
Coral pink

컬러풀한 색을 사용해서 밝고
상쾌하게 연출하면 프리티한
이미지로 완성된다.

파스텔 옐로 그린
Pastel yellow green

라이트 클리어 골드
Light clear gold

여름 타입은 페미닌한 이미지로 연출한다

Elegance

부드러운 파스텔 컬러가 잘 어울리기 때문에 파우더 핑크+라벤더 등 앞에서 배운 유사 색상 코디네이션을 하면 멋지다. 부드러운 색의 슈트에 투명한 느낌의 스카프 등 여성스럽고 우아한 복장을 기억하자. 오렌지 계열의 색은 그다지 어울리지 않으므로 피하는 것이 좋다.

Accessory

진주나 사파이어, 가닛 등의 작은 목걸이, 실크나 시폰 등 부드러운 느낌의 스카프를 추천한다. 비즈나 실버도 가냘픈 이미지로 사용할 수 있다.

Step up

곡선의 실루엣이 여성스러움을 돋보이게 한다.

실크나 앙고라, 울 등 부드러운 소재를 선택하면 여성스러움을 한층 돋보이게 한다. 핀 힐이나 T스트랩 구두, 여성스러운 이미지의 액세서리가 잘 어울린다.

Elegance

파스텔 색을 사용해서 부드럽게
연출하면 엘레강스한 이미지로
완성된다.

파우더 핑크
Powder pink

소프트 화이트
Soft white

모브
Mauve

가을 타입은 어른스러운 분위기를 만든다

Natural

지적이고 차분한 이미지를 가진 가을 타입의 사람은 대지나 나무의 색 등 자연에서 접할 수 있는 풍부한 색이 잘 어울린다. 깊이 있는 어스 컬러를 적극적으로 도입하자. 기본 팔레트에는 블루 계열이 적고 그린 계열이 많은 것이 특징이다.

Accessory

나무나 돌을 사용한 자연 소재 액세서리, 대모갑 펜던트 등을 우아하게 잘 사용하면 스타일이 산다. 코튼이나 마의 성긴 스톨을 선택하면 차분한 분위기로 정돈된다.

Step up

소재나 소품도 기본은 내추럴 스타일로!

나무나 돌을 사용한 자연 소재 액세서리나 메시 백, 스웨이드 슈즈 등을 추천한다. 목면이나 울, 마나 스웨이드 등의 소재를 느슨한 실루엣으로 정돈하면 효과적이다.

Natural

올리브 그린
Olive green

Basic color

어스 컬러를 사용해서 차분하게
연출하면 내추럴한 이미지로
완성된다.

다크 토마토 레드
Dark tomato red

옐로 골드
Yellow gold

겨울 타입은 개성적인 이미지를 어필한다

Dramatic

모던하고 샤프한 성숙함을 가지고 있기 때문에 커다란 기하학 무늬나 대담한 프린트 등 강한 콘트라스트를 느끼게 하는 복장을 센스 있게 입어낼 수 있다. 강한 개성을 갖고 있기 때문에 선명한 색으로 과감한 색 조합을 즐기는 것 외에 모노톤도 잘 어울린다.

Accessory

화려하고 신선한 디자인이 포인트이다. 백금이나 에메랄드, 사파이어 등 큼지막한 액세서리로 악센트를 주는 것이 효과적이다. 색감이 강한 액세서리가 매력을 돋보이게 한다.

Step up

존재감 있는 옷을 스타일리시하게 입어낸다.

강한 개성을 돋보이게 하려면 검은색 가죽이나 악어가죽 등 존재감 있는 아이템이 잘 어울린다. 향수를 사용할 때는 이국적이고 개성이 강한 향을 추천한다.

Dramatic

선명한 색을 사용해서 임팩트 있게
연출하면 드라마틱한 이미지로
완성된다.

로열 퍼플
Royal purple

차콜 그레이
Charcoal gray

블랙
Black

Business Color

봄 타입은 경쾌함을 신경 써야 한다
여름 타입은 우아한 복장으로 연출한다
가을 타입은 스타일리시하게 마무리한다
겨울 타입은 클래식하게 마무리한다

봄 타입은 경쾌함을 신경 써야 한다

Active

활동적이고 젊은 이미지를 중심으로 비즈니스 상황에 어울리는 캐주얼을 연구하자. 면이나 얇은 울 소재의 팬츠, 무릎 아래 길이의 스커트 등 경쾌하게 보이는 코디네이션을 추천한다.

Accessory

광택이 적은 골드나 자그마한 유색 원석이 잘 어울린다. 모자나 벨트, 스타킹 등으로 악센트를 주자. 비즈니스 스타일이기 때문에 베이지나 브라운 계열을 고르면 효과적이다.

Step up

가벼운 복장에는 소품으로 악센트를 준다.

컬러풀한 컬러 팔레트를 활용해서 자유로운 배색을 즐길 수 있다. 모자나 벨트, 컬러 스타킹 등으로 악센트를 주자. 액세서리는 작은 골드를 선택한다.

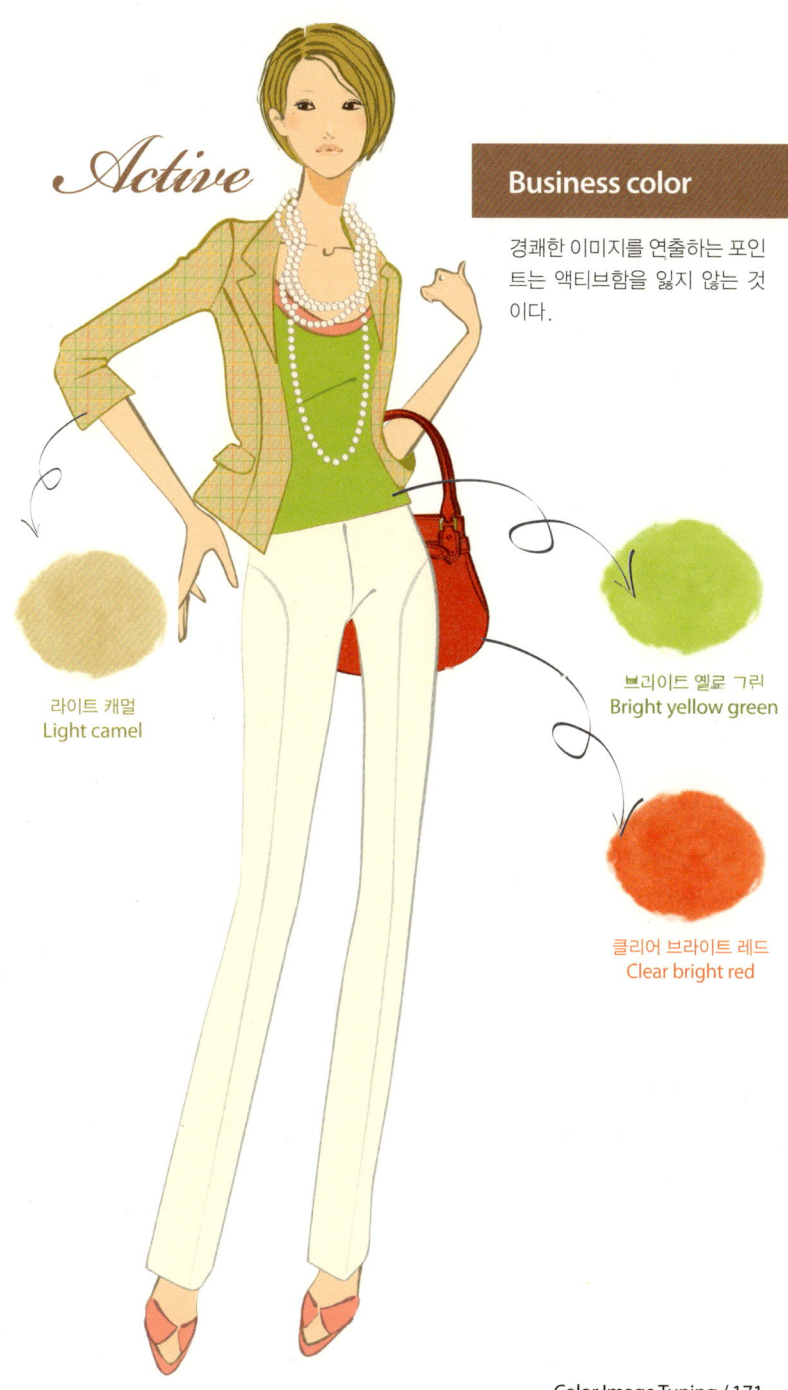

Active

경쾌한 이미지를 연출하는 포인 트는 액티브함을 잃지 않는 것 이다.

라이트 캐멀
Light camel

브라이트 옐로 그린
Bright yellow green

클리어 브라이트 레드
Clear bright red

여름 타입은 우아한 복장으로 연출한다

Noble

블루나 그레이 계열의 색을 사용한 베이직한 스타일을 추천한다. 컬러 팔레트에는 블루 계열이 풍부하기 때문에 자신이 좋아하는 색으로 코디네이션해 보자. 장식이 많은 옷이나 보디라인을 강조하는 옷은 그다지 어울리지 않는다. 캐시미어 등 고급스러운 소재를 선택하자.

Accessory

스타일에 맞춰서 전통적인 디자인을 의식하자. 목걸이나 귀걸이는 작은 것이라도 진짜 백금이나 실버를 착용한다. 소품은 소프트한 블랙이나 그레이의 매끄러운 가죽을 사용해서 품위 있게 마무리한다.

Step up

소품은 디자인보다 소재로 선택하자.

소품에도 정통성이 있는 디자인을 추천한다. 켈리백이나 플레인 펌프스 등의 구두, 백금이나 실버 소재의 심플한 액세서리 등이 잘 어울린다.

Noble

럭셔리한 이미지를 연출하는
포인트는 클래식함을 잃지 않는
것이다.

스카이 블루
Sky blue

로즈 베이지
Rose beige

라이트 블루 그레이
Light blue gray

Autumn - Business color

가을 타입은 스타일리시하게 마무리한다

Chic

패셔너블하고 세련된 스타일이 잘 어울리기 때문에 브라운 계열이나 모스 그린 등 차분한 색을 기본으로 시크한 이미지를 연출하자. 터쿼이즈나 오렌지 레드 같은 개성적인 색을 악센트로 사용하면 품위 있게 마무리된다.

Accessory

앤티크 풍의 액세서리를 비롯해서 매트한 골드나 호박 소품이 지적이고 도시적인 이미지로 완성시켜 줄 것이다. 가방이나 구두는 브라운 계열의 스웨이드 등을 사용하면 어른스러운 분위기로 정돈된다.

Step up

패션 센스가 좋은 것을 차분한 소품으로 어필한다.

앤티크 풍의 액세서리, 누벅이나 스웨이드 핸드백 등을 멋지게 소화한다. 스타킹으로는 그레이 계열이나 블루 계열은 피하고 시나몬이나 브라운 계열로 선택하자.

Chic

시크한 이미지를 연출하는 포인트는
악센트 컬러를 사용하는 것이다.

라임 그린
Lime green

마호가니
Mahogany

웜 베이지
Warm beige

겨울 타입은 클래식하게 마무리한다

Formal

장식이 없는 샤프하고 깔끔한 디자인이 잘 어울린다. 여러 색을 사용하는 것은 피하고 1색 혹은 2색 정도로 마무리하자. 로열 블루나 파인 그린 등이 잘 어울린다.

Accessory

액세서리는 적게 해도 좋다. 액세서리를 착용할 때는 군더더기 없는 심플한 메탈 브로치나 백금 틀에 유색 보석을 장식한 것이 잘 어울린다. 기능적이고 심플한 시계도 추천한다.

Step up

검정, 실버를 중심으로 정통파 스타일을 목표로 하자.

질감을 확실하게 느낄 수 있는 울이나 트위드 등의 소재를 심플하게 입자. 정통파 스타일로 마무리하면 효과적이다.

Formal

샤프한 이미지를 연출하는
포인트는 색을 적게 사용하는
것이다.

푸크시아
Fuchsia

퓨어 화이트
Pure white

블랙
Black

Casual Color

봄 타입은 밝은색을 사용해서 친근한 분위기로 연출한다
여름 타입은 청바지에 맞춰서 여러 가지 코디네이션을 한다
가을 타입은 활동적이고 군더더기 없는 디자인이 포인트이다
겨울 타입은 콘트라스트가 있는 댄디한 이미지로 연출한다

봄 타입은 밝은색을 사용해서 친근한 분위기로 연출한다

Casual

티셔츠에 코튼이나 코듀로이 팬츠 등을 매치해서 자연스럽고 격식 차리지 않은 스타일로 연출하자. 여러 색을 사용하는 다색 배색이 장점이기 때문에 기본 팔레트 중에서 다양한 배색을 즐겨 보도록 한다. 봄을 느끼게 하는 아이템을 적극 추천한다.

Accessory

경쾌함이 있는 캐주얼한 이미지에는 귀여워 보이는 비닐이나 플라스틱 소재의 소품이 너무나도 잘 어울린다. 컬러풀한 시계나 마 스카프 등으로 친밀감 있는 분위기를 만들어 보자.

Step up

컬러풀한 소품으로 위트를 만끽하자.

깅엄 체크나 가로줄무늬, 작은 물방울무늬 등이 잘 어울린다. 코튼이나 마 스카프, 컬러풀한 시계 등 팝 컬러 소품을 사용해서 밝고 명랑한 이미지를 어필한다.

Casual

캐주얼한 이미지를 연출하는
포인트는 밝은색을 사용하는 것이다.

라이트 오렌지
Light orange

라이트 트루 블루
Light true blue

미디엄 골든 브라운
Medium golden brown

여름 타입은 청바지에 맞춰서 여러 가지 코디네이션을 한다

Simple

하늘색이나 보라색이 들어 있는 블루 등을 사용해서 깔끔하고 상쾌한 복장을 즐기자. 여름 타입은 청바지가 가장 잘 어울린다. 재킷이나 받쳐 입는 이너 웨어에 여성스러움을 더하면 더욱 매력적으로 보인다.

Accessory

파스텔 톤의 펜던트나 작은 은제품으로 슬쩍 악센트만 주어도 포인트가 된다. 프티스카프 등으로 여성스러운 분위기를 연출해도 잘 어울린다.

Step up

스트라이프나 물방울을 기본 무늬로 추천한다.

소재는 코튼이나 폴리에스테르, 울 등이 잘 어울린다. 가벼운 분위기의 스카프나 은 귀걸이 등으로 자연스럽게 악센트를 주는 것만으로도 스타일리시하다.

Simple

심플한 이미지를 연출하는
포인트는 깔끔함을 주는 것이다.

모브
Mauve

소프트 화이트
Soft white

미디엄 블루
Medium blue

Autumn - Casual color

가을 타입은 활동적이고 군더더기 없는 디자인이 포인트이다

Sporty

내추럴한 어스 컬러를 기본으로 스포츠 웨어 같은 기능적이고 활동적인 디자인을 많이 연출하자. 동일 색상 계열이나 유사 색상 계열을 중심으로 칼라 주위나 이너 웨어에 악센트 컬러를 넣으면 감각 있게 마무리된다.

Accessory

심플한 광택이 없는 골드, 금속에 조각한 것 같은 액세서리를 멋지게 연출한다. 사파리 풍의 밀리터리 무늬도 잘 어울린다. 천으로 된 타이나 아가일 양말, 천으로 된 리본 벨트도 추천 아이템이다.

Step up

어른스러운 이미지를 무게감 있는 소재로 연출한다.
데님이나 코듀로이 캐주얼 팬츠 등 무게감 있는 소재를 추천한다. 에스닉풍의 액세서리나 광택 없는 골드 등을 자연스럽게 연출하면 스타일리시하다.

Sporty

커피 브라운
Coffee brown

스포티한 이미지를 연출하는
포인트는 심플한 디자인을
선택하는 것이다.

올리브 그린
Olive green

머스터드
Mustard

겨울 타입은 콘트라스트가 있는 댄디한 이미지로 연출한다

Dandy

딱딱하고 남성적인 분위기가 어울린다. 존재감 있는 벨트나 커다란 실버 액세서리로 임팩트를 주자. 가죽 재킷이나 남성스러운 시계 등으로 댄디한 이미지를 돋보이도록 연출한다. 팬츠 스타일을 깔끔하고 멋지게 소화할 수 있다.

Accessory

디자인이 대담한 팔찌, 카리스마 있는 선글라스, 두꺼운 벨트 등 임팩트가 있는 소품을 고르자. 블랙, 그레이를 중심으로 매니시한 느낌으로 마무리한다.

Step up

파워풀한 소품으로 임팩트 있는 개성을 표현한다.

울, 울 개버딘, 가죽 등의 소재와 강한 스트라이프나 기하학무늬를 추천한다. 에나멜이나 비닐 소재의 큰 숄더백, 사이드 고어 부츠 등을 매치해서 샤프한 이미지로 마무리하자.

Dandy

Casual color

댄디한 이미지를 연출하는 포인트는
콘트라스트를 주는 것이다.

블랙
Black

디프 핫 핑크
Deep hot pink

라이트 트루 그레이
Light true gray

Party Color

봄 타입은 귀엽고 섹시하게 연출한다
여름 타입은 달콤하고 부드러운 분위기를 만든다
가을 타입은 대담하고 화려하게 어필한다
겨울 타입은 세련되고 성숙한 여성을 연출한다

사람마다 어울리는 것이 다른 액세서리 선택법

봄 타입은 귀엽고 섹시하게 연출한다

Cute

이 타입의 특징인 젊고 발랄함에 섹시함을 더해서 귀여운 이미지를 연출하자. 곡선 라인을 중심으로 귀엽게 정리하거나 가슴 주위를 대담하게 드러낸 디자인, 가는 끈으로 되어 있는 캐미솔 스타일도 잘 어울린다.

Accessory

골드 틀에 크림색 느낌의 펄 액세서리나 유리나 비즈로 된 펜던트 타입 귀걸이 등을 추천한다. 가냘프고 귀여운 액세서리도 잘 어울린다.

Step up

파티에서 사용할 수 있는 깜찍한 소재를 활용하자.

가방이나 구두 등의 소품은 밝은색을 선택하거나 옷과 동색 계열로 해도 좋다. 골드 계열의 스팽글이나 비즈 등을 사용해서 소재를 어필하는 것도 효과적이다.

Cute

Party color

귀여운 이미지를 어필하는 포인트는
밝은색으로 연출하는 것이다.

브라이트 골든 옐로
Bright golden yellow

파스텔 옐로 그린
Pastel yellow green

브라이트 코럴
Bright coral

여름 타입은 달콤하고 부드러운 분위기를 만든다

Romantic

레이스를 사용한 상의나 머메이드라인의 인어 공주 디자인을 활용해서 우아하고 여성스러운 이미지를 잘 표현하자. 핑크나 라벤더 계열의 소프트한 색은 여름 타입의 파티 컬러에 잘 어울린다. 부드럽게 흐르는 듯한 라인을 포인트로 한다.

Accessory

파티에 가장 잘 어울리는 것은 진주이다. 블랙 진주에서 핑크 진주까지 폭넓게 사용할 수 있으며, 비즈나 카메오, 실크 스카프 등도 추천한다.

Step up

작은 소품을 맞춰서 여성스러움을 강조한다.

실크나 벨벳, 크레이프 등의 부드러운 소재가 잘 어울린다. 비즈나 주얼리로 장식된 작은 핸드백이나 가는 핀 힐을 매치하면 더욱 여성스러움을 강조할 수 있다.

Romantic

로맨틱한 이미지를 어필하는
포인트는 곡선의 실루엣을
활용하는 것이다.

파스텔 핑크
Pastel pink

파스텔 아쿠아
Pastel aqua

페리윙클 블루
Periwinkle blue

가을 타입은 대담하고 화려하게 어필한다

Gorgeous

과감한 디자인이나 호화로운 장식으로 스타일을 정돈하자. 큰 무늬의 애니멀 프린트나 컬러가 2~3개로 나뉜 원피스, 금실을 사용한 디자인 요소가 듬뿍 들어간 팬츠 슈트 등이 잘 어울린다. 품위 있는 호화로움을 잊지 말자.

Accessory

큰 골드나 디자인 요소가 많은 액세서리가 잘 어울린다. 기본 팔레트에 있는 깊은 색감의 돌이나 파충류 가죽 등을 사용하면 한층 호화롭게 완성된다.

Step up

스파이시한 향기로 호화로움을 끌어올린다.

소재로는 인도 실크나 금실이 들어 간 새틴, 라메 등을 추천한다. 골드가 들어간 핸드백이나 구두에 차분한 색의 액세서리를 맞춰 깊은 멋으로 럭셔리하게 마무리하자.

Gorgeous

세련된 이미지를 어필하는
포인트는 대담한 무늬로
연출하는 것이다.

옐로 골드
Yellow gold

테라코타
Terracotta

디프 페리윙클 블루
Deep periwinkle blue

Winter - Party color

겨울 타입은 세련되고 성숙한 여성을 연출한다

Modern

샤프하고 도시적인 모던함을 연출하려면 개성 있는 색은 1색이나 2색 정도로 정돈하고, 그 색의 파워를 살리는 코디네이션이 효과적이다. 기하학무늬와 대담한 색을 사용한 슈트나 드레스 등 콘트라스트가 강한 배색이 잘 어울린다.

Accessory

디자인을 중시한 실버나 백금 액세서리가 잘 어울린다. 너무 많이 걸치지 말고 큼지막하고 개성적인 것을 하나 포인트로 해서 화려함 위주로 고르자.

Step up

개성적인 소재로 화려하게 연출한다.

반짝이나 스팽글을 조합한 것이나 가죽, 메탈릭 소재가 잘 어울린다. 핸드백과 구두를 콘트라스트 배색으로 해도 멋지다. 눈길을 끌 것 같은 샤프한 디자인이 포인트이다.

Modern

모던한 이미지를 어필하는
포인트는 대비를 강하게
배색하는 것이다.

블랙
Black

미디엄 트루 그레이
Medium true gray

 COLOR TIP-4

사람마다 어울리는 것이 다른 액세서리 선택법

봄

봄 타입은 골드 중에서도 보다 광택이 강한 것이 돋보인다. 전체적으로 반짝반짝한 분위기로 마무리하는 것을 명심하자. 팝 컬러를 악센트로 하면 귀여움을 더 끌어올릴 수 있다.

추천 컬러: 브라이트 골든 옐로, 애프리콧, 클리어 새먼

여름

여름 타입은 차가운 계열로 톤이 가볍고 부드러운 이미지의 액세서리가 잘 어울리므로, 실버 계열이나 자연 소재를 활용한 소품을 선택한다. 단 실버 중에서도 광택이 적은 매트한 것을 고르고, 크기는 크고 화려한 것으로 시원한 이미지를 준다.

추천 컬러: 소프트 화이트, 라이트 블루 그레이, 파스텔 핑크

가을 타입은 고상하고 어른스러운 스타일로 연출하면 잘 어울리는 타입이다. 골드 중에서도 광택이 적은 매트한 것을 고르고, 상아, 나무, 동 같은 자연 소재를 이용한 액세서리도 좋다. **추천 컬러: 테라코타, 모스 그린, 디프 바이올렛**

겨울 타입은 모던하고 심플한 스타일로 광택 있는 실버 타입이 잘 어울리며, 포인트가 될 대담하고 화려한 색상을 고른다. 블랙 & 화이트, 실버, 블루, 네이비, 마젠타, 레드 등 강렬한 원색과 무채색을 선택하면 드라마틱하고 개성적인 분위기가 연출된다. **추천 컬러: 퓨어 화이트, 블랙, 트루 레드**

Beauty Color

Makeup Color
Hair Color

Makeup Color

메이크업이야말로 시크릿 컬러를 선택한다

메이크업도 TPO에 따르는 것이 기본이다

봄 타입은 밝고 화사한 톤으로 마무리한다

여름 타입은 부드럽고 가벼운 느낌으로 완성한다

가을 타입은 차분하면서 자연스러운 화장이 어울린다

겨울 타입은 강한 대비의 선명함을 주어야 한다

피부 미인으로 착각시킬 파운데이션 컬러 선택법

메이크업이야말로 시크릿 컬러를 선택한다

메이크업을 할 때마다 오늘 입을 옷 스타일에 맞출 것인지, 어필하고 싶은 이미지에 맞출 것인지, 그냥 나한테 잘 어울리는 색으로 할 것인지 등 많은 고민을 한다. 어리고 피부 상태도 좋을 때는 어울리지 않는 색으로 화장을 해도 귀엽고 사랑스럽게 보였지만, 나이가 들고 피부 노화가 시작되면 피부색이 어둡고 칙칙해지거나 창백해 보이고 주름, 기미, 다크서클 등이 더욱 두드러져 보이기 때문에 애써서 한 화장이 역효과를 낳기도 한다. 따라서 메이크업 컬러야말로 사계절 타입 안의 자기 색을 고르는 것이 중요하다. 예를 들어 웜 타입의 사람이 쿨 타입의 블루 아이섀도를 바르면 피부가 칙칙하게 보인다. 반대로 쿨 타입의 사람이 웜 타입의 올리브 그린을 바르면 거의 바로 나이들어 보인다. 또 펄이 들어 있는 화장품이라면 펄 색이 골드인지, 실버인지를 체크하는 것도 중요하다. 골드라면 당연히 웜 타입인 봄과 가을 타입에게 어울리고, 실버라면 쿨 타입의 여름과 겨울 타입에 잘 어울린다.

메이크업도 TPO에 따르는 것이 기본이다

자기만의 시크릿 컬러에 기초한 메이크업은 자연스럽고 건강해 보이며 청결한 느낌을 준다. 화려한 화장 테크닉이 없어도 자신이 가지고 태어난 색, 매력을 살리는 시크릿 컬러를 찾아 자신만의 아름다움을 표현할 수 있다. TPO에 맞게 선택해서 자신만의 매력을 최대한으로 끌어내 보자.

Day 메이크업

비즈니스에서 무엇보다 중요한 것은 신뢰감이다. 따라서 사무실에서는 어른스럽고, 지적이고, 샤프한 이미지를 전달할 수 있는 메이크업을 하자. 너무 '쌩얼' 같은 것도, 또 너무 진한 메이크업도 직장에서는 적당하지 않다. 일을 야무지게 해낼 것 같은 분위기를 연출하려면 눈썹이랑 립 라인은 약간 직선 느낌으로 또렷하게 그린다. 건강미를 끌어내기 위해 치크도 빼먹지 말자. 근무 중에는 색이 지나치게 눈에 띄거나 펄, 글로스 등 반짝임이 너무 과한 것은 적합하지 않으니 피하는 것이 좋다.

Night 메이크업

퇴근 후 사적인 시간에는 상황에 맞게 메이크업을 즐겨 보자. 친구들을 만나는 등 편안한 자리라면 건강한 에너지를 느낄 수 있는 내추럴 메이크업을 하고, 데이트 약속이 있다면 여성스러움을 강조한 메이크업이나 옷 색깔에 맞춘 컬러풀한 메이크업도 사랑스럽게 보인다. 파티나 밤에 외출할 때에는 하이라이트와 글로스, 펄 등을 사용해서 섹시한 이미지로 변신하면 세련되어 보인다.

봄 타입은 밝고 화사한 톤으로 마무리한다

노란빛이 도는 따뜻한 톤으로 깨끗하고 생동감 있는 이미지를 주는 봄 타입은 피부색을 살려서 밝아 보이는 화장으로 완성한다. 칙칙한 색이나 깊게 가라앉은 색조는 어울리지 않는다. 젊은 인상을 돋보이게 할 깨끗하고 밝은 메이크업 컬러를 골라서 깔끔하게 완성하자. 라이트 오렌지, 코럴, 피치 등 피부색에 조화되는 색들은 투명한 피부를 돋보이게 만든다.

eye color

cheek color

lip color

Spring
Makeup

아이 컬러
오렌지 계열, 그린 계열,
브라운 계열 등으로 눈 주위도
귀엽게 연출하자. 색을 너무 섞으면
깨끗한 이미지가
사라지니 주의한다.

캐멀 　　라이트　　미디엄
　　　　오렌지　　옐로 그린

치크 컬러
투명한 피치나 웜 계열의 뺨에는
클리어 새먼이나 라이트 오렌지를
발랐을 때 피부가 더 깨끗해 보인다.

클리어　　라이트
새먼　　오렌지

립 컬러
웜 핑크 계열의 입술에는
오렌지 계열의 밝고 투명한 색을
추천한다. 피부에 투명감이 있기 때문에
브라이트 코럴이나 클리어 브라이트
웜 핑크 등으로 큐트한 느낌을 연출한다.

브라이트　　클리어 브라이트
코럴　　　　웜 핑크

Spring-day

아이 컬러에 차분하고 깊은 멋을 더해 자연스러우면서 귀여운 메이크업
으로 마무리한다.

아이 컬러
뚜렷한 베이지, 밝은 갈색 등
피부에 잘 어울리는 내추럴한 색깔이
자연스러운 아름다움을 끌어낸다.

치크 컬러
약간 노란빛이 들어 있는
밝은 피치, 코럴 핑크가
혈색이 좋아 보인다.

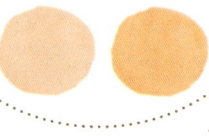

립 컬러
사무실에서는 중간 정도로
진한 새먼 핑크나 코럴 핑크가
야무져 보인다.

Spring-night

눈가나 뺨은 오렌지 계열의 색이나 노란색 등을 사용하여 생기 있고 브라이트한 이미지로 마무리한다. 또 입가는 글로스를 듬뿍 발라서 광택을 강조해 보자.

아이 컬러
밝은 계란색, 부드러운 새먼 핑크,
상쾌한 아쿠아, 돋아나는 새싹의 연두색이
어울리는 색이다. 너무 많이 사용하면
깨끗한 이미지가 사라지니 주의한다.

치크 컬러
밝은 새먼 핑크, 오렌지가
피부를 더욱 깨끗하게
보여준다.

립 컬러
아이 컬러에 색을 사용했다면 립은
옅은 피치라도 예쁘다. 피부에 투명감이
있기 때문에 글로스를 겹쳐 바르면 귀여운
느낌으로 완성된다.

여름 타입은 부드럽고 가벼운 느낌으로 완성한다

소프트하고 우아한 분위기인 이 타입의 사람은 그레이시한 부드러운 파스텔 컬러로 메이크업한다. 어둡거나 가라앉은 짙은 톤보다는 밝고 화사한 톤으로 가볍게 표현한다. 투명하고 화사한 로맨틱 스타일이 잘 어울리며 중간색과 밝은색을 활용한다. 혈색을 주기 위해 볼 터치로 화사함을 더하고, 아이 메이크업으로는 블루 그레이나 퍼플, 핑크나 로즈를 사용하여 농담을 조절하면 화려하고 페미닌한 인상이 된다.

eye color

cheek color

lip color

아이 컬러

전체적으로 소프트한 인상이기 때문에
눈 주위에는 맑고 부드러운 블루 계열이
잘 어울린다. 다크 브라운이나 다크 로즈 브라운의
눈동자에는 퍼플이나 핑크 계열의 그러데이션으로
부드러운 눈가를 연출하자.

페리윙클　　파스텔　　라벤더
　　　　　아쿠아

Summer
Makeup

치크 컬러

푸른빛이 도는
핑크 계열의 뺨에는 로즈 핑크나
모브를 사용하자.
화려함을 연출하고 싶을 때는
펄이 들어간 것이
효과적이다.

로즈 핑크　　모브

립 컬러

부드러운 핑크를 사용해서
엘레강스하게 마무리한다. 로즈 또는
핑크색 입술인 사람이 많기 때문에
뺨의 붉은 기에 맞춰서 로즈 핑크나
오키드를 선택한다.

로즈 핑크　　오키드

회색이 들어간 블루나 로즈 브라운 계열을 아이 컬러로 사용해서 전체 분위기를 부드럽고 품위 있는 이미지로 마무리한다.

아이 컬러

소프트한 로즈 브라운 계열,
그레이시한 중간색이 눈동자와
잘 어울려 눈가를 돋보이게 하고
부드러운 눈가를 완성한다.

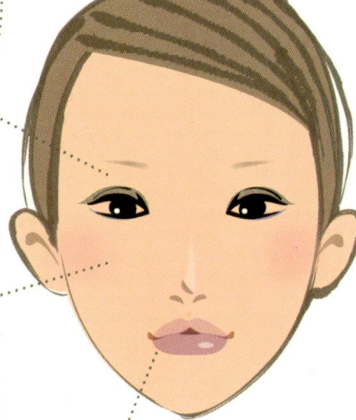

치크 컬러

푸른빛이 도는 핑크 계열의 뺨에는
부드러운 인상의 진하지 않은 핑크 계열이
자연스러운 혈색을 연출한다.

립 컬러

부드러운 핑크를 사용해서
엘레강스하게 마무리한다. 푸른빛이
도는 핑크 계열이나 차분한 로즈 계열이
지적인 매력을 끌어낸다.

Summer-night

포인트가 되는 파스텔 컬러를 눈 화장에 사용하여 시원하고 상쾌한 인상
으로 마무리한다.

아이 컬러

여름 타입이 아니고는 쓸 수 없는
시원한 페퍼민트나 스카이 블루,
연보라색을 옷에 맞춰서 사용한다.

치크 컬러

눈 화장에 화려한 색을 사용했다면
뺨에는 소프트한 핑크 계열을 사용한다.
화려함을 연출하고 싶을 때는 펄이
들어간 것이 효과적이다.

립 컬러

내추럴하게 보이고 싶다면
엷은 보라색, 화려한 자리에는
디프 로즈가 예쁘게 보인다.
뺨의 붉은 기에 맞춰 선택하자.

가을 타입은 차분하면서 자연스러운 화장이 어울린다

전체적으로 차분하면서 자연스럽고 부드러운 메이크업이 잘 어울린다. 색이 그다지 느껴지지 않는 내추럴 메이크업과 골드를 살린 고저스한 연출 메이크업으로 나눠 사용하자. 다크 오렌지나 브라운 등의 진하고 깊은 컬러를 메인으로 사용했다면 나머지는 깔끔하고 시크하게 마무리한다. 로즈나 블루 계열은 사용하지 않을 것을 권한다.

eye color

cheek color

lip color

아이 컬러

다크 브라운 계열의 눈동자 색을 가진
사람이 많기 때문에 다크 초콜릿 브라운이나
모스 그린 등 깊이 있는 색을 사용하자.
오렌지나 그린 계열을 섞어서 오리지널
컬러를 만들어도 효과적이다.

Autumn
Makeup

다크 초콜릿   골드   모스 그린
브라운

치크 컬러

붉은 기가 적은
브라운 계열이기 때문에 화려하게
완성한다. 새먼이나 다크 토마토 레드 등
깊이 있는 색이 잘 어울린다.

새먼   다크 토마토
레드

립 컬러

입술은 웜 레드 계열이기 때문에
다크 토마토 레드나 러스트 같은
낮은 명도에 높은 채도를 가진 색을 추천한다.
오렌지 레드도 피부색과 매치하면 좋을
것이다.

러스트   오렌지 레드

눈가는 브라운이나 올리브 그린 등 리치한 그러데이션 메이크업으로 시크한 분위기를 연출한다.

아이 컬러
다크 브라운 계열의 눈동자 색을 가진 사람이 많기 때문에 깊은 멋이 있는 차분한 브라운이나 올리브 그린이 눈동자 색을 돋보이게 만든다.

치크 컬러
뺨에는 붉은 기가 적은 피부에 자연스럽게 조화되는 탁한 새먼이나 아몬드 계열의 깊이 있는 컬러가 잘 어울린다.

립 컬러
낮은 명도와 높은 채도를 가진 베이지나 러스트, 브라운 계열이 차분한 분위기를 만든다.

Autumn-night

모스 그린이나 터쿼이즈 등 리치하고 스파이시한 컬러를 사용해서 화려한 인상을 더한다. 립 라인을 확실히 그리는 것이 좋다.

아이 컬러

옷에 맞춰서 악센트로 스파이시한 색을 사용하면 화려해진다. 펄을 사용하는 것도 추천한다.

치크 컬러

혈색 없는 피부이기 때문에 화려하게 완성한다. 만일 햇볕에 그을린 것 같은 자연스러운 혈색을 연출하려면 테라코타 계열의 색이 제격이다.

립 컬러

파티 등에는 브론즈 컬러나 스파이시한 다크 토마토가 성숙한 여성다움을 자아낸다. 오렌지 레드도 피부색과 매치하면 잘 어울린다.

겨울 타입은 강한 대비의 선명함을 주어야 한다

전체적으로 강한 대비의 선명함을 주어 이지적인 느낌으로 표현한다. 피부색은 밝고 화사한 톤으로 하고 눈매나 입술 라인은 뚜렷하게 표현한다. 이때 눈매와 입술 중 한 곳에만 포인트를 주고 볼 터치는 자연스럽게 하며, 파우더리한 색이나 칙칙한 색, 브라운 계열의 색은 피한다. 겨울 타입 사람이 갖는 샤프한 인상을 살리려면 뉴트럴 컬러를 사용해 깔끔하게 마무리한다. 화려한 복장에는 콘트라스트가 강한 배색으로 개성을 강조하자.

eye color

cheek color

lip color

Winter Makeup

아이 컬러
블랙 또는 다크 브라운의 눈동자는
흰자와의 콘트라스트가 강하기 때문에
그레이 계열이나 블루 계열이 제격이다.
로열 퍼플로 콘트라스트를 주면
화려한 이미지가 된다.

라이트 트루   트루 블루   로열 퍼플
그레이

치크 컬러
뺨에 그다지 색이 없기 때문에
치크로 입체감을 갖게 하자.
블루 레드를 사용하면 어른스러운
이미지로 완성된다.

푸크시아   블루 레드

립 컬러
입술 색이 로즈 계열이기 때문에
트루 레드 등의 핑크가 잘 어울린다.
마젠타나 푸크시아 등 선명하고 개성이
강한 색이 매력적이다.

마젠타   트루 레드

회색과 버건디 계열의 선명한 매치로 쿨하고 화려한 분위기를 연출한다. 눈가는 그레이나 브라운으로, 뺨이랑 입가는 로즈 계열의 핑크나 레드 등을 선택한다.

아이 컬러
블랙 또는 다크 브라운의 눈동자는
흰자와의 콘트라스트가 강하기 때문에
그레이나 블루 계열이 제격이다.
네이비나 로열 퍼플 등으로 콘트라스트를 준다.

치크 컬러
뺨에 그다지 혈색이 없기 때문에
치크로 입체감을 갖게 하자.
푸른빛이 강한 핑크 계열이 혈색을
좋아 보이게 한다.

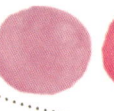 

립 컬러
입술 색이 로즈 계열이기 때문에 깊이
있는 레드나 버건디를 사용하면 신뢰감
있는 이미지를 연출할 수 있다.

Winter-night

선명하고 진한 블루, 퍼플이나 핑크를 사용해서 드라마틱한 분위기를 더한다. 특히 입가는 글로스를 듬뿍 발라서 화려하게 보이도록 한다.

아이 컬러

화려한 인상을 만드는
선명한 블루 계열이나 퍼플은
아이섀도뿐 아니라 아이라이너,
마스카라에도 적용된다.

치크 컬러

난초 꽃이 연상되는 푸른빛이 도는
핑크 계열이 화려한 인상을 만든다.

립 컬러

푸른빛이 도는 깊은 로즈 계열,
마젠타나 자홍색 등 선명하고 개성이
강한 색이 여성스러움을 강조한다.

 **COLOR TIP-5**

피부 미인으로 착각시킬
파운데이션 컬러 선택법

봄

봄 타입은 지나치게 두껍거나 탁하고 어둡게 표현하지 않도록 주의한다. 옐로 베이지나 소프트 베이지의 밝고 투명한 피부에는 아이보리나 라이트 웜 베이지가 제격이다. 밝은 크림 계열의 베이지는 건강하게 보인다.

여름

여름 타입은 피부가 하얗고 핑크빛이 나는 피부를 가진 사람이 많기 때문에 붉은색은 피하는 것이 좋고, 노란 기가 많은 것을 사용하면 피부색이 떠 보이고 칙칙해지므로 주의한다. 노란빛이 적은 로즈 베이지가 잘 어울린다.

가을 타입은 너무 밝거나 붉게, 또는 어둡게 표현하지 않
도록 하며, 지나치게 노란 기가 많은 색은 오히려 혈색이
없고 탁하게 보이므로 주의한다. 붉은 기가 적은 골드 베
이지 계열의 피부에는 오이스터 화이트나 웜 베이지 등
노란빛이 강한 베이지 계열이 적합하다.

겨울 타입은 지나치게 내추럴하거나 어둡게 표현하는
것은 피하는 것이 좋다. 이 타입의 사람은 피부가 하얗
거나 어둡거나 둘 중 하나이다. 노란빛이 적은 블루 베
이지 계열이나 밝은 듯한 다크 브라운 등으로 비교적 밝
고 화사하게 표현한다.

Hair Color

하나만 바꾸고 싶다면 헤어 컬러에 도전하자

봄 타입은 노란 기가 강한 브라운이 잘 어울린다

여름 타입은 붉은 기가 강한 로즈 브라운이 잘 어울린다

가을 타입은 차분한 브라운이 잘 어울린다

겨울 타입은 푸른 기가 도는 검정이 잘 어울린다

하나만 바꾸고 싶다면 헤어 컬러에 도전하자

헤어스타일은 사람의 외모에서 시각적으로 가장 눈에 쉽게 띄는 부분
이며, 패션에 비해 적은 비용으로도 변화를 이끌어낼 수 있다는 장점
을 가지고 있다. 헤어스타일에는 커트, 염색, 파마 등이 있는데 이 중
에서도 헤어 염색은 매우 중요하다. 헤어 컬러는 사람의 얼굴과 가장
가까이에서 시선을 집중시켜 전체 이미지에 큰 영향을 주며, 볼륨감
을 조절하거나 피부색을 보완함으로써 얼굴 이미지를 변화시킬 수 있
기 때문이다. 블랙은 고집스럽고 보수적으로 보이기 때문에 점점 줄
어드는 추세이고, 요즘은 브라운, 오렌지, 와인, 레드, 골드뿐만 아니

라 무채색의 화이트에서 그레이까지 다양한 헤어 컬러가 대중화되고 있다. 의상과 메이크업, 헤어스타일과 함께 자신만의 이미지와 분위기를 연출하는 토털 패션의 중요한 요소가 된 것이다. 이미지에 이렇게 큰 영향을 미치는 헤어 컬러야말로 자기에게 어울리는 시크릿 컬러를 선택해야 한다. 자기 색이 아닌 다른 타입의 색으로 염색하면 염색을 다시 하기 전까지는 부자연스러운 인상을 계속 주게 되어 매력이나 개성을 스스로 깎아내릴 위험이 있다는 점을 잊지 말자.

봄 타입은 노란 기가 강한 브라운이
잘 어울린다

머리카락이 다소 센 느낌으로 윤기가 나는 봄 타입 사람의 헤어 컬러는 눈동자 색에 가깝게 하는 것이 기본이다. 어울리는 헤어 컬러는 골드(gold)와 황색이 가미된 색으로 블론드(blonde)에서 브라운 계열까지 걸쳐져 있다. 골든 브라운, 골든 블론드 등 황갈색이나 오렌지 빛이 도는 부드럽고 은은한 색이 잘 어울린다. 봄 타입의 헤어는 회색 기가 적으므로 검은색이나 회갈색, 와인 계열, 블루 계열 등은 피하는 것이 좋다. 동양인의 경우 브라운에서 블랙에 걸쳐 구분이 모호하지만 봄의 색상은 비교적 밝은 황갈색과 갈색 계열이 주를 이룬다. 노란빛이 강한 브라운도 잘 어울린다.

온화하고 부드러우며 생기 있는 귀여운 이미지이기 때문에 귀여운 단발 머리나 층이 난 굵은 웨이브 머리가 잘 어울린다. 지나치게 긴 스트레이트나 짧고 경직된 커트는 어울리지 않는다. 자연스러운 헤어스타일로 귀엽고 생기발랄하게 연출한다.

옐로 브라운
Yellow brown

골든 브라운
Golden brown

Spring
hair style

코럴 브라운
Coral brown

오렌지 브라운
Orange brown

여름 타입은 붉은 기가 강한 로즈 브라운이 잘 어울린다

머리카락에 윤기가 없고 가늘며 밝은 갈색을 띤 여름 타입 사람의 헤어 컬러는 밝은 갈색이나 회갈색이다. 황색이나 오렌지 빛을 지닌 색은 피하고, 부드럽고 온화한 눈동자나 핑크 피부에 어울리는 붉은빛이 강한 로즈 브라운이나 푸른 기가 약간 도는 암갈색이 잘 어울린다. 머리카락 색이 너무 검다면 부드러운 갈색으로 염색하는 것만으로도 이미지가 훨씬 부드러워 보일 것이다. 황색이나 적색이 없는, 즉 회색이 가미되어 채도가 낮은 색을 선택하되 비교적 내추럴한 색이 잘 어울리며, 골드 빛이 도는 블론드나 황갈색, 적갈색, 레드 브라운, 검정은 피하는 것이 좋다.

전체적으로 여성스러운 긴 스트레이트나 자연스러운 웨이브 머리가 어울리며 지나치게 웨이브가 강하거나 짧은 커트는 피하는 것이 좋다. 자연스럽게, 짧은 머리보다 긴 머리 스타일로 여성스럽고 낭만적인 이미지로 연출한다.

로즈 브라운
Rose brown

그레이 브라운
Gray brown

Summer
hair style

와인 블랙
Wine black

다크 브라운
Dark brown

가을 타입은 차분한 브라운이 잘 어울린다

머리카락에 윤기가 없고 어두운 암갈색의 푸석푸석한 느낌을 주는 가을 타입 사람의 헤어 컬러는 따뜻하고 깊이 있는 브라운을 추천한다. 또 눈동자에 초록빛이 느껴지는 사람은 초록이 들어간 애시 브라운(ash brown)도 잘 어울린다. 적갈색, 황갈색이 주를 이루며 기본적으로 골드 빛에 적색을 지니고 있다. 헤어 컬러에 두 가지 색으로 변화를 주면 색을 풍성하고 깊이 있게 표현할 수 있고 볼륨감이 잘 어울린다. 하지만 지나치게 밝은 것은 어울리지 않으므로 주의한다. 헤어 컬러에 회색이 가미되거나 검은색과 와인 색으로 염색하면 이미지와 맞지 않으므로 피하는 것이 좋다.

풍성하고 깊이 있는 차분한 색으로, 헤어스타일 역시 부드러운 곡선의 풍성한 웨이브 스타일이나 긴 웨이브 스타일이 잘 어울린다. 짧은 머리인 경우에도 웨이브를 주어 풍성함과 부드러움을 주어야 하며 지나치게 단정한 스타일이나 쇼트커트는 어울리지 않는다.

*Autumn
hair style*

블랙 브라운
Black brown

애시 브라운
Ash brown

겨울 타입은 푸른 기가 도는 검정이 잘 어울린다

머리카락에 윤기가 있는 겨울 타입은 기본적으로 짙은 계열로 레드가 가미되지 않은 암갈색이나 검은색, 와인 색 등이 잘 어울린다. 흰자와 검은자의 대비가 확실한 사람은 푸른빛이 도는 검정이 특히 잘 어울린다. 같은 겨울 타입이라도 눈동자의 인상이 흐릿한 부드러운 사람은 노란빛이 없는 코코아 브라운을 추천한다. 헤어 컬러를 골드 빛이 도는 갈색이나 붉은 밤색 등으로 연출하는 것은 피하고, 지나치게 밝은색, 특히 가을 타입 같은 두 가지 톤의 혼합은 피하는 것이 좋다.

헤어스타일은 커트나 단정한 형태로 심플하고 라인이 정확한 것이 잘 어울린다. 지나치게 길거나 웨이브 스타일은 무겁고 나이 들어 보이므로 정돈된 라인으로 심플함을 강조하고 색상은 단색이 어울리므로 부분 염색은 피하는 것이 효과적이다.

블루 블랙
Blue black

다크 브라운
Dark brown

Winter hair style

그레이 브라운
Gray brown

실버 그레이
Silver gray

Image Color

원하는 이미지도 색으로 표현한다

색에는 일반적으로 각각 연상되는 이미지가 있다. 파스텔 컬러를 보면 달콤하고 귀엽고 부드러운 이미지를, 진하고 무거운색을 보면 신뢰감이 넘치고 지적인 이미지를 받게 된다. 사람이 타고난 선천적인 색도 마찬가지로 입고 있는 옷 색깔 이전에 그 사람이 가지고 태어난 눈동자, 모발, 피부색의 특징에 따라서 보는 사람들로 하여금 어느 정도 선입견을 갖고 보게 한다. 예를 들어 눈동자나 모발 색, 피부색이 밝은 봄이나 여름 타입의 사람은 누가 보더라도 사랑스럽고, 귀엽고, 부드러운 이미지로 다가오기 쉽다. 반대로 색이 진한 가을이나 겨울 타입의 사람은 어딘가 모르게 어른스럽고, 차분하고, 신뢰감 있는 이미지를 전한다.

이처럼 상대방에게 어필되기 쉬운 이미지에다가 그 사람에게 어울리는 색을 더하면 그 이미지는 당연히 더 강해진다. 봄이나 여름 타입인 사람이 파스텔 컬러를 입으면 단순히 어울리는 정도가 아니라 한결 로맨틱해져서 더 여성스러운 이미지가 된다. 만일 어른스럽고, 일도 잘할 것 같은 비즈니스 우먼으로 보여야 할 자리라면 파스텔 컬러가 아무리 잘 어울린다고 하더라도 진한 색 슈트를 입는 쪽이 적합하다. 인상이 강하고, 성숙해 보이는 가을이나 겨울 타입의 사람이라도 때로는 달콤하고 부드러운 여성스러운 이미지로 어필하고 싶은 경우도 있는데, 그럴 때는 다소 어울리지 않더라도 파스텔 컬러를 선택해야 한다. 물론 앞으로 설명할 어울리지 않는 색을 어색하지 않게 만드는 몇 가지 테크닉은 필수이다. 원하는 이미지가 있다면 이렇게 컬러로 표현하면 되는 것이다.

나만의 이미지를 찾아라

앞에서 찾아본 시크릿 컬러 외의 색이라도 다른 사람들에게 '잘 어울린다', '너다운 색이다' 등의 말로 칭찬받았던 색이 있을 것이다. 또 어울리지 않는 색이라는 점은 알고 있지만 왠지 기분이 안정되는 색, 항상 마음에 드는 색도 있다. 그런 색은 당신이 가지고 있는 이미지와 잘 맞는 색이거나 주위 환경이나 자신의 일과 잘 어울리는 색인 경우가 많다. 내 이미지는 뭘까? 모른다면 어떻게 알수 있을까? 이미지 셀프 테스트를 해보면 된다.

셀프 테스트 결과 제일 많이 체크된 상위 3개 정도가 자신의 이미지를 나타낸다. 사람에 따라 하나의 이미지만 강하게 나타나거나 여러 이미지가 비슷하게 체크되는 등 결과는 다양하게 나올 수 있다. 하나의 이미지가 두드러진 사람은 보통 자기가 봐도, 다른 사람이 봐도 명확해서 알기 쉬운 사람이다. 이미지가 아주 명확한 대신 자칫 지루하게 보일 수 있고, TPO에 맞춰서 자신을 변화시키는 폭이 약간은 부족할 수 있으니 긴장하자. 여러 개의 이미지가 비슷하게 나온 사람은 뚜렷한 개성이 없는 것처럼 보일 수도 있다. 또는 어쩌면 아직 진짜 자기 개성을 발견하지 못하고 있는 상태인지도 모른다. 여러 개로 체크된 이미지 중 지금 자신에게 필요한 이미지를 선택한 후 그 이미지를 더욱 강하게 어필하기 위한 방법을 연구해 보면 자신만의 개성을 찾을 수 있을 것이다.

이미지 셀프 테스트

1. **당신의 성격과 가장 가깝다고 생각되는 것은?**
   a. 친해지기 쉽고 거만하지 않다
   b. 가정적이고 상냥하다
   c. 고상하고 품위 있으며 세련됐다
   d. 독창적이고 유니크하다
   e. 꼼꼼하고 착실하다
   f. 적극적이고 자신에게 만족한다

2. **당신이 생각하는 가장 이상적으로 주말을 보내는 법은?**
   a. 동료와 스포츠 관전 또는 스포츠를 즐기며 땀을 흘린다
   b. 애인이나 가족과 한가로이 집에서 지낸다
   c. 파트너와 클래식 콘서트나 발레를 감상하러 간다
   d. 새로 시작한 미술 전시회를 찾아간다
   e. 조용하게 독서 삼매경, 취미 등 무언가에 몰두한다
   f. 저명인사가 모이는 성대한 공식 만찬에 참가한다

3. **당신이 현재 하고 있는 일은?**
   a. 세일즈 우먼, 유치원 교사, 사진 작가,
      스포츠 트레이너, 교사, 시스템 엔지니어, 매니저
   b. 웨딩 사업 관계자, 약사, 간호사, 상담사, 물리치료사, 주부
   c. 뷰티업, 보석 관련업, 비서, 컨설턴트
   d. 광고기획자, 제작자, 아티스트, 디자이너, 헤어스타일리스트
   e. 공무원, 금융업, 의사, 법조인, 전문직, 출판업
   f. 관리직, 홍보직, 강사, 임원, 마케터

4. **가장 선호하는 레스토랑 유형은?**
   a. 캐주얼한 샌드위치를 먹을 수 있는 오픈 카페
   b. 오너 셰프의 인품이 좋고 따뜻하고 가정적인 레스토랑
   c. 이름난 셰프가 프로듀스한 레스토랑
   d. 북 카페나 인테리어 숍을 겸하는 카페
   e. 역사가 있는 양식당이나 몇 대째 내려오는 레스토랑
   f. 비싸기로 소문난 레스토랑, 요즘 가장 뜨는 카페

5. 평일을 지내는 방법은?

a. 외근, 신체를 많이 움직이는 일, 이동하거나 운반하는 일

b. 아이들과 지내거나, 집에서 있거나, 가사일을 하거나 요리하는 일

c. 사람을 만나거나, 상담을 하거나, 제안하거나 프레젠테이션하는 일

d. 영화 감상, 도예, 예쁜 카페 순회, 뭔가 배우는 일

e. 책상에서 사무를 보거나, 뭔가를 쓰거나, 조사하는 일, 회의, 가르치는 일

f. 강연, 프레젠테이션, 프레스 이벤트, 파티, 회의, 교섭

6. 좋아하는 무늬나 소재는?

a. 격자무늬, 무지, 스트라이프, 코튼

b. 꽃무늬, 물방울무늬, 하트 무늬, 레이스, 프릴, 부드러운 소재

c. 무지, 톤 온 톤, 다마스크, 페이즐리, 실크, 캐시미어

d. 특이한 배색의 랜덤한 스트라이프, 레트로 무늬, 옵티컬 패턴, 신소재,
   플리츠(기계주름)

e. 무지, 타탄체크, 아가일체크, 울, 플란넬

f. 무지, 크고 대담한 무늬, 브랜드 로고, 눈에 확 띄고 힘 있는 소재,
   반짝이는 소재, 가죽 소재

7. 좋아하는 인테리어 분위기는?

a. 내추럴한 소나무를 사용한 편안한 아메리칸 컨트리 스타일

b. 하얀 가구, 곡선으로 된 의자, 레이스나 파스텔 컬러를 사용한
   여성스런 스타일

c. 세련되고 군더더기 없는 심플하고 고풍스럽고 우아한 스타일

d. 복고풍 가구, 벼룩시장에서 발견한 앤티크,
   아시아 가구를 자기 스타일로 믹스한 스타일

e. 차분하고 다크한 마호가니 재료를 사용한 전통적인 영국 스타일

f. 현대식 강철, 유리, 목재 등 소재를 대담하게 조합한 샤프한
   디자인의 이탤리언 스타일

8. 당신의 이미지는 어디에 가까운가?

a. 친근하고 편안한 이미지

b. 부드럽고 귀여운 이미지

c. 섬세하고 온화한 이미지

d. 창의적이고 개성 있는 이미지

e. 깔끔하고 품위 있는 이미지

f. 당당하고 세련된 이미지

9. 당신이 선호하는 스타일은?

a. 움직이기 편하고 자연스러운 활동적인 스타일

b. 섬세하고 귀여운 여성스러운 스타일

c. 부드럽고 고급스러운 테일러드(맞춤) 스타일

d. 쉽게 따라 할 수 없는 독창적인 스타일

e. 보수적이고 단아해 보이는 정장 스타일

f. 카리스마 있고 임팩트 강한 스타일

10. 당신이 선호하는 헤어스타일은?

a. 다루기 쉽고 보기에도 자연스럽게 느껴지는 헤어스타일

b. 길이가 있고 컬이 있는 귀엽고 여성스러운 헤어스타일

c. 어깨 정도 길이의 웨이브가 풍성하고 손질이 잘된 헤어스타일

d. 시즌마다 변화를 주는 최신 유행 헤어스타일

e. 길이에 상관없이 오랫동안 고수해 온 헤어스타일

f. 깨끗하게 빗어 넘기거나 깔끔한 헤어스타일

11. 당신이 선호하는 구두 타입은?

a. 스포티한 신발이나 펌프스형 구두

b. 옷과 매치가 잘되는 구두나 리본 같은 장식이 달린 구두

c. 우아하면서도 단순하고 굽이 약간 높은 구두

d. 특별히 선호하는 스타일은 없고 여러 개의 다양한 구두

e. 기본 색상의 발이 편한 펌프스형 구두

f. 높고 가느다란 힐이거나 기하학 패턴의 구두

12. 당신이 선호하는 핸드백 스타일은?

a. 기능적인 것을 좋아하기 때문에 칸이 많고 편안한 것

b. 여성스럽고 캐주얼하거나 캔버스 천으로 된 가방

c. 연평균 질 좋은 가죽 백을 2개 이상 구입

d. 비슷한 유형의 핸드백을 다양한 색상으로 선택

e. 기본형을 오랫동안 사용하기 때문에 질 좋은 것을 선호

f. 기회가 될 때마다 구입하기 때문에 특별히 선호하는 것은 없다

13. 파티에 초대되었다면 입고 싶은 드레스는?

    a. 평소에도 입을 수 있는 드레시한 실크 소재의 슈트형 드레스

    b. 크림색 레이스 드레스와 재킷

    c. 부드러운 소재의 블랙 드레스나 세퍼레이트 룩 연출

    d. 다른 사람들과 다르게 보일 수 있는 독특한 드레스

    e. 구슬이 달린 재킷과 검은색 새틴 바지

    f. 끈이 없는 화려한 색상의 짧은 스팽글 드레스

14. 좋아하는 잠옷 스타일은?

    a. 면으로 된 파자마 세트나 단순한 형태의 긴 가운

    b. 주름과 레이스가 많은 형태

    c. 실크 소재의 실내용 잠옷

    d. 짧은 실크 가운이나 큰 사이즈의 긴 티셔츠

    e. 편하고 간편한 티셔츠와 박스형 바지

    f. 잠옷은 잘 입지 않는다

15. 당신의 커뮤니케이션 스타일은?

    a. 경쾌하고 재미있는

    b. 따뜻하고 발랄한

    c. 우아하고 세련된

    d. 생생하고 직선적인

    e. 교양 있고 형식적인

    f. 자신 있고 열정적인

선택한 알파벳의 숫자를 합하여 아래에 넣어 보자.
가장 높은 숫자가 나온 것이 당신의 이미지이다.

a_____	스포티	d_____	크리에이티브
b_____	로맨틱	e_____	클래식
c_____	엘레강스	f_____	드라마틱

스포티 타입은
밝고 건강한
느낌으로 연출한다

건강하고 활동적이며, 편안하고 친근한 이미지이다. 이들에게는 편안함이 가장 중요한 의상 콘셉트로서 유행보다는 데님이나 코듀로이, 트위드 등 활동하기 편한 스포티한 캐주얼 스타일과 자연스러운 느낌의 옷을 즐긴다. 이들은 단순한 형태의 낮은 구두나 로퍼, 운동화 등을 착용하고 간편한 숄더백이나 백팩, 최소한의 자연스러운 메이크업과 손질이 간편한 헤어스타일을 선호한다. 이 타입은 자칫하면 단정치 못하거나 세련되지 못하게 보일 수 있으니 유의해야 한다.

Sporty Style

스포티 타입의 색은 즐겁고 생생한 트리콜로(tricolore) 컬러나 원색, 또는 소박하고 내추럴한 어스 컬러이다. 트리콜로라고 하면 보통 빨강, 감색, 흰색의 3색을 떠올리지만, 만약 겨울 타입이라면 당신의 트리콜로는 순백색, 트루 레드, 네이비 블루이다. 봄 타입의 트리콜로는 전체적으로 더욱 더 밝은 아이보리, 오렌지 레드, 그레이 네이비이다. 여름 타입이라면 소프트 화이트, 비터 스위트 레드(bittersweet red), 디프 페리윙클 블루가 적합하다.

봄	여름	가을	겨울

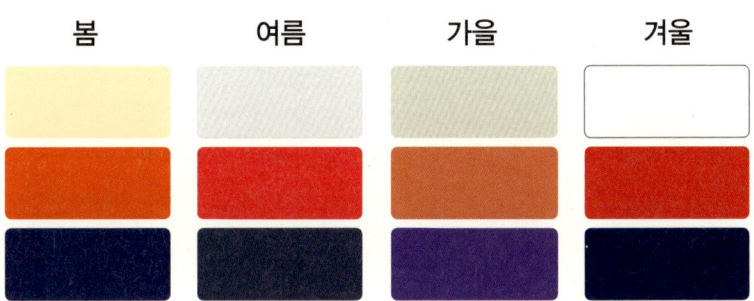

로맨틱 타입은 여성스러움을 강조한다

따뜻하고 사랑스럽고 상냥한 이미지로 부드러우면서도 건강해 보이는 외모다. 대체로 여성스러운 스타일로 부드럽고 연한 파스텔 색상에 부드러운 선과, 유연한 소재와 문양을 선호한다. 실크, 시폰, 저지, 울 크레이프, 화사한 꽃 모양 등을 선호하고, 레이스, 러플, 프릴, 리본 등의 곡선적인 디자인 요소를 자주 사용한다. 또한 인체의 곡선을 따라 몸에 꼭 맞는 실루엣이나 가는 허리선을 강조하기도 한다. 진주 목걸이나 카메오, 작은 귀걸이 같은 로맨틱한 액세서리나 앤티크 보석류를 선호한다. 구두는 리본 장

Romantic Style

식이 있는 밝고 가벼운 펌프스, 작은 끈이 달린 플랫 슈즈, 작고 부드러운 스타일의 핸드백을 선택한다. 또 부드럽고 웨이브 있는 헤어스타일에 가볍고 부드러운 색조 화장과 매니큐어를 즐긴다.

파스텔 핑크, 라이트 레몬 옐로, 파스텔 아쿠아 등의 달콤하고 귀여운 색이 로맨틱의 대표 색상이다. 봄 타입이라면 웜 파스텔 핑크, 파스텔 옐로 그린, 라이트 웜 아쿠아 등으로 사랑스러움을 연출한다. 가을 타입이라 파스텔은 어울리지 않는다고 생각히는가? 디프 피치, 옐로 머스터드, 샤르트뢰즈(chartreuse) 등이 가을의 파스텔이다. 겨울 타입은 아이스 핑크, 아이스 아쿠아, 아이스 바이올렛 등이 달콤한 분위기를 만들어 준다.

봄	여름	가을	겨울

엘레강스 타입은 우아함과 차분함으로 승부한다

품위 있고 우아하며 세련된 분위기의 여성적인 이미지를 지닌다. 엘레강스 타입의 색상은 우아하고 색이 바랜 듯한 이미지를 나타내기 위해 엷은 탁색계를 중심으로 온화하게 배색하며 강한 느낌의 배색은 자제한다. 인체의 곡선미를 강조하는 이 타입은 신체 라인을 돋보이게 하는 스타일로 슬림한 실루엣이나 허리 라인을 강조해 여성의 아름다움을 부각시킨다. 최소한의 디테일을 사용해 요란하지 않고 절제된 느낌을 준다. 핑크에서 블루 계열의 부드러운 실크 스카프, 넥타이나 핸드백, 진주 등의 액세서리를 사용하여

은은하고 우아한 분위기를 돋보이게 한다. 중간색이 많이 포함된 여름이나 가을 타입에는 엘레강스한 이미지의 색이 많이 있다. 여름 타입이라면 로즈 베이지나 로즈 브라운, 라벤더 등의 부드러운 배색으로 엘레강스한 이미지를 완성한다. 가을 타입이라면 웜 베이지, 제이드 그린, 그레이드 옐로 그린 등이 품위 있는 이미지를 연출한다. 강한 색이 많은 겨울 타입 컬러 중에서는 아이스 블루나 아이스 바이올렛, 라이트 트루 그레이 등의 연한 색이나 중간색이 소프트한 이미지를 만들어 준다. 봄 타입에서는 부드러운 아이보리나 라이트 웜 베이지, 라이트 페리윙클 블루 등의 부드러운 중간색이 우아한 인상을 만든다.

봄	여름	가을	겨울

크리에이티브 타입은 너무 튀지 않게 연출한다

독창적이고 유니크한 발상을 하고, 카멜레온처럼 끊임없이 스타일을 바꾸므로 다양한 이미지를 즐긴다. 주변 사람들을 의식하지 않고 의복을 선택하기 때문에 보통 사람들은 입지 않는 독특한 패션을 즐기기도 한다. 이들은 보헤미안적이며 자유로운 발상의 디자인이나 에스닉한 이미지의 의복을 선호하고, 히피나 웨스턴 스타일 등 다양한 유형의 의복을 자유롭게 코디네이션한다. 하지만 자기주장이 지나치면 시대와 동떨어진 인상을 주거나 다른 사람과 쉽게 융화되기 어려운 사람으로 보이기도 한다는 점에 유의해

Creative
Style

야 한다. 크리에이티브 타입은 개성 있는 색을 활용하여 자신만의
스타일로 멋지게 연출하자. 크리에이티브한 이미지를 가장 연출하
기 쉬운 것은 가을 타입이다. 테라코타, 러스트, 틸 블루(teal blue)
등은 크리에이티브한 동시에 에스닉한 이미지의 색이다. 겨울 타
입이라면 블랙, 로열 퍼플, 토프(taupe), 그레이 베이지 등으로 개
성을 어필한다. 봄 타입은 미디엄 옐로 그린, 미디엄 바이올렛 등
의 선명한 색이나 골든 탠(golden tan) 등의 브라운 계열로 연출하
면 된다. 여름 타입이라면 플럼이나 라벤더 같은 개성적인 색과 코
코아를 배색하면 유니크한 이미지를 줄 수 있다.

봄   여름   가을   겨울

클래식 타입은 지루해 보이지 않도록 연출한다

이 타입은 대부분 신뢰감이 있고 지적이며 품위 있는 이미지이다. 이 타입의 전형적인 옷차림은 테일러드 재킷과 셔츠 블라우스, 기본형의 팬츠나 무릎 길이의 스커트에 평범한 펌프스이다. 부드럽고 단정한 헤어스타일과 메이크업, 산뜻하고 단순하며 우아한 디자인의 액세서리를 선호한다. 너무 고전적인 스타일의 옷만 입다 보면 보수적이고 소극적인 사람으로 인식되거나 지루해 보이기 쉬우므로 부분적으로 흥미를 끌 만한 패션 감각을 첨가하는 것이 필요하다.

Classic
Style

클래식 타입의 색은 진하고 전통적인 기본 컬러이다. 진한 색이 많기 때문에 겨울이나 가을 타입은 비교적 클래식한 이미지를 연출하기 쉽다. 겨울 타입이라면 네이비 블루, 파인 그린, 디프 블루 레드 등이 클래식한 이미지를 준다. 가을 타입이라면 차분한 캐멀, 다크 초콜릿 브라운 등의 브라운 계열이나 올리브 그린, 포레스트 그린으로 이미지를 연출하고, 여름 타입은 그레이드 네이비, 그레이 블루, 버건디 등이 성실한 이미지로 만들어 준다. 밝고 발랄한 인상의 봄 타입이라도 라이트 웜 베이지나 미디엄 골든 브라운, 라이트 클리어 네이비 등이 믿음직스러운 분위기를 자아낸다.

| 봄 | 여름 | 가을 | 겨울 |

드라마틱 타입은 차가운 이미지로 보이지 않도록 주의한다

자신감이 넘치는 모습으로 자신을 잘 가꾸며, 독특한 패션으로 개성적이고 강렬한 이미지이다. 이 타입의 사람은 최신 유행을 가장 먼저 선택하고 위험 부담을 기꺼이 감수하는 유행 선도자로서 편안함보다는 유행을 우선으로 생각하고 어디를 가도 주목을 받는다. 재질과 스타일이 독특한 핸드백과 구두, 액세서리 등을 선호하고, 매우 단정하면서도 개성적인 헤어스타일에 최신 유행의 메이크업을 즐긴다. 하지만 자기 표현이 너무 지나치면 때로는 주변 사람에게 위화감을 줄 수도 있고, 또 차갑고 가까이 하기 어렵다는 인상을 줄 수도 있으므로 주변과 잘 융화될 수 있는 절제가 필요하다. 드라마틱 타입의 컬러는 밝고 대비가 강한 색이다. 겨울 타입에는 드라마틱한 색들이 많이 있다. 트루 레드 등의 원색이나 순백색과 검정 등 콘트라스트가 강한 색이 대표적이다. 봄 타입이라도 선명한 클리어 브라이트 레드, 라이트 트루 레드, 미디엄 웜 터쿼이즈는 드라마틱한 이미지를 전달한다. 가을 타입에서는 화려한 다크 토마토 레드, 터쿼이즈, 디프 페리윙클 블루 등이 드라마틱한 이미지를 줄 수 있고, 선명한 색이 적은 여름 타입에서는 워터 멜론, 디프 로즈, 디프 블루 그린 등이 드라마틱한 인상을 만든다.

봄	여름	가을	겨울

어울리지 않는 컬러를 딱 맞게
소화하는 법

세상에 수많은 색이 있는데 좀 더 어울린다는 이유로 몇 가지 색만 쓰고 싶지는 않다며 자기만의 시크릿 컬러를 굳이 알려고 하지 않는 사람들이 많은 것 같다. 자기만의 컬러를 찾아야 하는 이유는 색을 한정하고자 하는 것이 아니라 자신이 가지고 태어난 색의 특징을 아는 것, 그리고 자신의 색과 다른 색과의 관계를 알고 목적이나 상황에 맞춰 삶 속에서 색을 능숙하게 즐기는 기술을 갖추는 것이 본래의 목적이다.

실제로 우리 주위에는 셀 수 없을 정도로 많은 색이 있기 때문에, 단지 시크릿 컬러라고 제시한 몇 가지 색 속에서 사는 것이 싫증난다고 생각하는 것도 당연하다. 그 색을 입으면 얼굴색이 나쁘게 보인다는 걸 알고 있지만 이유 없이 계속 끌린다거나, 나는 잘 모르겠는데 주변에서 잘 어울린다고 칭찬받는 색도 있고, 안 어울리는 색인 줄 알면서도 그저 유행하니까 입어 보고 싶다는 경우도 있을 것이다. 자, 이런 경우 나만의 시크릿 컬러 이외의 색을 능숙하게 연출할 수 있는 포인트를 7가지로 정리해 보았다.

어울리지 않는 색은 얼굴에서 먼 곳에 걸친다

어울리지 않는 색은 얼굴색을 나쁘게 보이게 하거나 피부를 칙칙하게
보이게 만들기 때문에 상의에 사용하기보다는 스커트나 바지, 핸드백
이나 구두 등 얼굴에서 멀리 떨어뜨려 사용하고, 얼굴 주위에는 어울
리는 색을 사용하는 것이 좋다. 꼭 스웨터나 블라우스 등 상의로 입고
싶을 때라면 가능한 한 네크라인이 넓어 얼굴에서 조금이라도 멀리 떨
어뜨릴 수 있는 디자인을 선택하자.

색의 대비, 무게, 분량에 주의해서 사용한다

어울리지 않는 색은 어째서 어울리지 않는지를 분석해 보자. 봄이나
여름 타입의 사람은 대개 진하거나 어두우면 너무 무겁게 보여서 어
울리지 않는다. 무거운색을 입는 경우에는 함께 매치하는 색을 가벼
운색으로 하거나, 무거운색의 분량을 적게 하면 스타일리시하게 입을
수 있다. 가을이나 겨울 타입의 사람은 가볍고 옅은 색은 잘 어울리지
않는데, 그런 경우에 연한 색의 분량을 적게 사용하거나 무거운색의
분량을 많게 하면 멋지게 밸런스를 유지할 수 있다.

액세서리를 화려한 것으로 한다

어울리지 않는 색을 입으면 전체적으로 어둡고 수수해 보이는 이미지가 되니 골드나 실버 귀걸이, 목걸이, 초커, 브로치 등 반짝이는 액세서리로 화려함을 더한다. 자신이 노란빛이 강한 타입인 경우 푸른빛이 강한 옷을 입으면 어울리지 않으므로 노랑을 더하기 위해서 골드를 많이 착용하는 방법이다. 예전에는 블루 베이스인 사람은 실버, 옐로 베이스인 사람은 골드라고 결정지어 줬지만, 연출만 잘 한다면 유행에 맞춰서 어느 쪽을 사용해도 좋다고 생각한다. 골드는 따뜻하고 활기차서 화려한 이미지를 주고, 실버는 쿨해서 도시적이고 스포티한 인상을 준다.

디자인과 소재로 보충한다

어울리지 않는 색이라도 몸에 딱 맞는 실루엣, 디자인 요소가 많이 들어간 옷은 여성을 아름다워 보이게 한다. 직업 모델들은 오디션을 보러 갈 때 검정 옷을 입고 가는 일이 많은데, 보디라인에 맞는 검은색의 심플한 옷은 옷이 아니라 입고 있는 사람에게 주목시키는 효과가 있기 때문이다. 또 아무리 잘 어울리는 색이라고 해도 너무 유행에서 벗어난 오래된 디자인의 옷은 고지식한 사람으로 보일 수 있다. 색은 매우 중요한 요소이지만 디자인과 소재도 무시해서는 안 된다. 진하고 무거운 색을 입는다면 디자인은 세련되고 콤팩트한 것으로 선택하여 스타일을 유지하자.

어울리는 색으로 메이크업을 한다

유행에 맞추느라 어울리지 않는 색의 옷을 입을 때는 반드시 자기만의 시크릿 컬러로 메이크업을 하자. 입고 있는 옷 색깔에 맞춰서 메이크 업을 한 여성들을 많이 보게 되는데, 어울리지 않는 옷 색 때문에 가 뜩이나 얼굴색이 나빠 보이는 경우에 한술 더 떠 메이크업까지 깔맞춤 해 버리면 치명적이다. 늙고 칙칙하게 보이고 싶지 않다면 립스틱이 나 치크에 자신에게 어울리는 시크릿 컬러를 선택하여 혈색 있게 만 든다. 이때 립스틱 색상이 옷 색깔과 따로 둥둥 떠 보인다면 옷 색깔 과 자신에게 어울리는 색을 섞어서 중간색으로 바른다. 자신만의 색 과 옷 색을 자연스럽게 연결해 준다.

장소, 테마, 성격, 계절 등에 어울리는 색을 입자

우아하게 외식을 할 경우에 레스토랑의 색과 맞추거나, 보색의 옷을 입으면 공간에 잘 어울려서 아름답게 보인다. 파티에 갈 경우라면 파 티의 테마 컬러에 맞춰 선택하면 분위기가 멋지게 고조된다. 진한 색 이 아무리 잘 어울리는 사람이라도 더운 여름날 검은색 슈트에 검은색 스타킹, 검은색 펌프스의 올 블랙으로 등장하면 참 짜증나는 스타일 로 기억될 뿐이다. 이런 날에는 같은 검정을 입더라도 마 소재의 민소 매 원피스에, 누드한 샌들, 메시 백으로 코디네이션하자. 전신을 검 정으로 감싼 것은 같지만 형태나 소재가 커버해 주기 때문에 세련되 게 보인다. 다른 경우에도 마찬가지이다. 어떤 스타일에도 유연함은 반드시 필요하다.

누구라도 어울리는 색을 입는다

자신의 시크릿 컬러 팔레트에 들어 있지 않은 색이지만 비교적 누구에게나 어울리는 색이 몇 가지 있다. 일명 '유니버설 컬러'라고 부르는데, 매우 연한 파스텔 계열의 색이나 코럴 핑크, 아쿠아 등 푸른빛과 노란빛이 동시에 들어 있는 중간색이다. 자신만의 시크릿 컬러에 싫증이 났다면 위험 부담이 적은 유니버설 컬러를 선택하여 적용해 보자.

이상의 7가지 포인트에 주의해서 시크릿 컬러 이외의 색을 도입하면, 옷을 스타일리시하게 입는 폭이 점점 더 늘어나서 더욱 개성 있게 색을 사용할 수 있다.

universal color

buff

periwinkle blue

turquoise

apricot

soft white

coral pink

medium warm turquoise

watermelon

gray beige

Men's Color

밝고 명랑하며 친밀감이 느껴지는 남자는 봄 타입이다

스마트하고 세련된 남자는 여름 타입이다

시크하고 차분하며 신뢰감을 주는 남자는 가을 타입이다

샤프하고 쿨해 보이는 지적인 남자는 겨울 타입이다

밝고 명랑하며 친밀감이 느껴지는 남자는 봄 타입이다

신록이나 컬러풀한 꽃들을 연상시키는 따뜻한 계열의 옐로 베이스로 브라이트 톤이 어울리는 타입이다. 밝은 베이지색 피부, 깨끗한 블루나 밝은 갈색의 눈동자, 금발이거나 밝은 갈색의 머리카락을 가진 젊은 인상의 얼굴에 어울린다.

이미지	항상 건강하고 생기가 있으며 젊어 보이는 이미지
피부색	크림 계열의 베이지(옐로 베이스), 가을 타입보다 칙칙하지 않다.
모발 색	부드러운 브라운, 밝은 브라운
눈동자 색	브라운, 라이트 브라운
성격	밝다, 쾌활하다, 활기차다, 잘난 척하지 않는다, 말 걸기 편하다, 남을 잘 보살핀다, 분위기를 잘 맞춘다.
어울리는 슈트	밝은 감색, 라이트 블루, 베이지, 라이트 브라운, 캐멀
액세서리	브라운, 골드
주의사항	검은색이나 수수한 느낌이 드는 색은 피한다.

시크릿 컬러

🟨	옐로	🟩	애플 그린
🟫	캐멀	🟩	브라이트 아쿠아
🟧	코럴 핑크	⬜	웜 그레이
🟧	오렌지 레드	🟦	브라이트 네이비

셔츠 & 타이의 코디 예

브라운 계열의 따뜻한 색으로 연출해서 스마트한 분위기를 만든다. 밝은 네이비와 캐멀을 조합해서 스타일리시한 인상으로 완성한다.

Business

비즈니스 스타일

봄 타입은 브라운 계열의 슈트로 경쾌한 느낌을 어필한다. 브라운 계열의 밝은 슈트도 누구보다 멋지게 입어낼 수 있다. 항상 밝고 스마트하게 연출해야 한다는 것을 염두에 두고, 네이비나 그레이 계열의 슈트를 입을 때도 전체적인 인상이 어두워지지 않도록 브이존에 밝은색을 더하면 효과적이다. 브라운 계열의 구두를 맞추면 더욱 스타일리시하다.

비즈니스 스타일 코디 예
블루나 밝은 옐로 계열의 배색으로 정돈하면 액티브한 분위기가 연출된다. 경쾌함이 살아 있는 체크무늬 슈트도 추천한다.

Casual

캐주얼 스타일

봄 타입은 젊은 이미지를 더욱 돋보이게 하는 스타일로 연출한다. 밝고 건강한 이미지의 봄 타입 남성은 따뜻한 색이 어울리기 때문에 밝은 옐로나 새먼 핑크 계열의 색이 특히 잘 어울린다. 물론 오렌지나 브라운 계열도 잘 어울린다. 따라서 상의나 하의 어디든 이 색을 활용하자. 전체를 베이지나 브라운으로 연출하고 소품을 컬러풀한 색으로 골라도 좋을 것이다.

캐주얼 스타일 코디 예

블루 상의에 밝은 옐로의 이너 웨어를 입어 젊고 경쾌한 이미지로 연출한다. 밝은 브라운과 새먼 핑크라면 캐주얼하고 상쾌한 이미지를 연출할 수 있다. 브라운 계열의 구두가 잘 어울린다.

스마트하고 세련된 남자는 여름 타입이다

여름의 햇볕이 물에 반사된 듯한 스모키한 이미지가 연상되며, 블루 베이스로 파스텔이나 소프트 톤이 어울리는 타입이다. 핑크 베이지 피부에 소프트한 검정이나 로즈 브라운, 블루 그레이의 눈동자, 눈썹과 머리카락은 다크 브라운, 실버, 혹은 소프트한 검정이며, 품위 있고 우아한 인상의 얼굴에 어울린다.

이미지	부드러운 느낌을 주며 품위 있고 우아한 이미지
피부색	분홍색 계열의 베이지(블루 베이스)
모발 색	부드러운 검정, 눈썹이나 체모는 그다지 짙지 않다.
눈동자 색	부드러운 검정이거나 갈색, 흰자와 검은자의 대비가 그다지 강하지 않다.
성격	협동심이 있다, 균형 감각이 있다, 따스하다, 성실하다, 섬세하다, 차분하다, 마음을 편안하게 해준다, 다재다능하다.
어울리는 슈트	중간 회색, 밝은 회색, 블루 그레이, 짙은 파랑
액세서리	네이비, 블랙, 실버
주의사항	지나치게 강한 대비나 화려한 색은 어울리지 않는다.

시크릿 컬러

⬜	화이트	🟩	파스텔 그린
🟥	핑크	🟦	퍼플 그레이
🟥	로즈 레드	🟦	미스트 블루
🟫	로즈 브라운	⬛	브라이트 네이비

셔츠 & 타이의 코디 예

다른 타입에게는 잘 어울리지 않는 연한 핑크의 넥타이가 부드러운 남자의 이미지를 만들어 준다. 성실한 분위기의 회색빛을 띤 네이비 슈트에 하늘색 넥타이가 화사함을 더해 준다.

Business

비즈니스 스타일

여름 타입은 그레이로 성실한 분위기를 연출한다. 여름 타입의 남성은 차분한 이미지이기 때문에 슈트의 기본색이라고 할 수 있는 회색 계열의 슈트에 흰색이나 하늘색 셔츠를 입어 품격 있게 연출한다. 넥타이 색을 슈트나 셔츠와 같은 색 계열로 고르면 빈틈없는 스타일로 정돈된다. 구두는 블랙 계열의 태슬 슈즈를 신으면 은근한 멋까지도 즐길 수 있다.

비즈니스 스타일 코디 예

차콜 블루 그레이의 슈트에 블루 계열의 셔츠와 넥타이를 코디해서 깔끔하게 연출한다. 옅은 스트라이프 셔츠도 잘 어울린다.

Casual

캐주얼 스타일

여름 타입에 잘 어울리는 블루에 파스텔 계열의 색을 맞춘다. 여름 타입의 남성은 청바지가 잘 어울리는데 진하지 않은 청바지나 코코아 계열, 그레이 계열의 컬러 바지도 추천한디. 상의에는 옅은 핑크나 옐로를 사용해 부드럽고 친밀감이 느껴지는 이미지를 연출하자. 너무 딱딱한 복장보다도 약간 느슨한 느낌이 있는 캐주얼 스타일이 잘 어울린다.

캐주얼 스타일 코디 예

하늘색 상의에 핑크를 받쳐 입어 부드러운 인상을 연출한 후 브라운 하의로 깔끔하게 정리한다. 코코아와 그린의 조합도 여름 타입다운 밝은 느낌을 준다.

시크하고 차분하며 신뢰감을 주는 남자는 가을 타입이다

가을의 낙엽, 과실, 자연의 나무들을 연상시키는 옐로 베이스의 수수하면서도 깊은 컬러가 어울리는 타입이다. 가을 타입은 짙은 베이지색 피부, 다크 브라운이나 올리브 그린의 눈동자, 붉은 기가 도는 짙은 갈색의 머리카락을 가진 차분한 인상이다.

이미지	깊이 있고 멋스러우며 온화한 이미지
피부색	황갈색 계열의 베이지(옐로 베이스)
모발 색	짙은 갈색, 검은색
눈동자 색	그을린 갈색. 갈색과 초록색이 섞인 듯한 색도 있다.
성격	자유분방하다, 개성 있다, 창조적이다, 순발력이 있다, 미워할 수 없다, 호기심이 많다, 자기중심적이다, 기분파다, 독특하다.
어울리는 슈트	짙은 갈색, 커피 브라운, 캐멀, 베이지, 겨자색
액세서리	다크 브라운, 골드, 브론즈
주의사항	차분한 느낌이지만 수수한 이미지를 연출하면 초라하게 보인다.

시크릿 컬러

 모스 베이지		모스 그린	
새먼		올리브 그린	
시나몬		다크 브라운	
레드 브라운		디프 틸	

셔츠 & 타이의 코디 예

차분한 브라운 계열로 코디해서 시크하고 세련된 이미지를 만든다.

그린 계열은 가을 타입에게 매우 잘 어울리는 색이다. 적극적으로 활

용하자.

Business

가을 타입은 짙은 색으로 코디해서 지적인 남성의 이미지로 완성한다. 짙은 색이 잘 어울리는 가을 타입의 남성은 마호가니나 다크 초콜릿 브라운의 슈트를 입으면 세련되고 지적인 이미지로 연출된다. 트위드 등의 질감 있는 원단을 사용하거나 브이존에 베이지, 오렌지, 그린 계열을 매치하면 품위 있게 보인다.

비즈니스 스타일 코디 예

가을 타입의 남성만이 연출할 수 있는 브라운 계열을 활용한 코디이다. 테라코타의 밝음이 따뜻한 남성의 분위기를 자아낸다.

Casual

캐주얼 스타일

가을 타입은 존재감이 있는 소재로 차분한 분위기를 어필한다. 소재의 느낌이 살아 있는 원단과 짙은 색을 활용해서 코디네이션하자. 트위드나 스웨이드, 코듀로이 등의 소재에 모스 그린이나 다크 브라운이 잘 어울린다. 청바지보다는 치노 팬츠를 권하고, 구두나 소품도 깊이 있는 짙은 색으로 맞추면 전체적으로 품위 있게 완성된다.

캐주얼 스타일 코디 예

머스터드 색의 상의와 옐로 골드 이너 웨어의 코디는 화려함을 더해 준다. 브라운 계열의 상의에 시크한 핑크 계열의 이너 웨어를 맞추면 따뜻한 느낌으로 연출할 수 있다.

샤프하고 쿨해 보이는 지적인 남자는
겨울 타입이다

순백의 눈이 연상되는 차가운 계열의 블루 베이스로, 무채색, 비비드 톤, 콘트라스트가 있는 컬러가 어울리는 타입이다. 짙은 로즈 베이지나 올리브색의 피부에 검은자와 흰자의 대비가 강한 눈동자, 눈썹이 짙고 두꺼운 사람, 혹은 이목구비가 확실한 타입에 어울린다.

이미지	차가우며 날카로운 느낌의 존재감이 있는 이미지
피부색	분홍색 계열의 베이지, 붉은 보라색 계열(블루 베이스)
모발 색	짙은 검정이나 은회색. 눈썹과 수염도 짙은 경우가 많다.
눈동자 색	짙은 검은색. 흰자와 검은자의 대비가 뚜렷하다.
성격	자신감이 있다, 흑백이 분명하다, 긴장감 넘치는 일을 좋아한다, 경쟁심이 강하다, 리더십이 있다, 자기편도 많지만 적도 많다.
어울리는 슈트	검은색, 차콜 그레이, 중간 회색, 미드나이트 네이비
액세서리	블랙, 실버, 백금
주의사항	선명한 색이나 대비가 강한 색이 아닌 중간색은 어울리지 않는다.

시크릿 컬러

	스노우 화이트		차콜 그레이
	아이스 블루		파인 그린
	애시 로즈		로열 블루
	와인 레드		블랙

셔츠 & 타이의 코디 예

옅은 분홍색 셔츠와 로열 블루 넥타이를 매치해 감미롭고 임팩트 있는 이미지를 완성한다. 에메랄드 그린의 넥타이와 짙은 네이비 블루의 슈트는 쿨한 이미지를 연출할 수 있다.

Business

겨울 타입은 모노톤을 중심으로 임팩트 있는 개성을 표현한다. 샤프하고 쿨한 느낌을 주는 타입이기 때문에, 블랙이나 차콜 그레이 등의 기본 슈트를 입어도 자신만의 이미지로 세련되게 연출할 수 있다. 레지멘탈이나 기하학무늬, 대비가 강한 넥타이 등으로 개성 있는 이미지를 어필하자.

비즈니스 스타일 코디 예
블랙과 브라이트 버건디의 대비가 스타일리시한 이미지로 마무리해 준다. 슈트는 약간 광택 있는 소재를 추천한다.

Casual

겨울 타입은 선명한 색을 사용해 샤
프한 이미지로 연출한다. 대비가 강
한 색을 사용하면 잘 어울리기 때문
에 캐주얼한 자리에서도 세련된 섹
시함을 느끼게 하는 스타일리시한
코디가 가능하다. 모노톤으로 코디
하거나 선명한 색으로 임팩트를 주
면 세련된 스타일이 연출된다. 구두
와 시계로 대비 효과를 살려도 잘 어
울린다.

캐주얼 스타일 코디 예
그레이 상의와 선명한 레드의 이너
웨어 등 대담한 매치도 효과적이다.
선명한 청보라색의 상의에는 화이트
나 옅은 핑크를 코디하면 상쾌하게
완성된다.

Secret Color - Pink Test

A - SPRING

G - AUTUMN

H - WINTER

Secret Color Palette - Spring

Secret Color Palette - Summer

Secret Color Palette - Autumn

Secret Color Palette - Winter

품격 입는 남자 second edition
Gentleman Image Tuning

남자 나이 마흔에는 옷이 아니라 품격을 입어야 한다!

남자의 세련된 라이프 스타일을 책임질 스타일 바이블

황정선 지음 ㅣ 412쪽 ㅣ 25,000원

내 남자를 튜닝하라 Men's Image Tuning

매너와 스타일, 남자의 이미지가 모든 것을 결정한다!

이기는 남자들의 비주얼 튜닝 전략
중국, 대만, 홍콩 번역판 출간

황정선 지음 ㅣ 296쪽 ㅣ 값 15,000원

세일즈에 스타일을 더하라 Sales Image Tuning

세일즈 스타일과 전략의 차이가 당신과 회사의 이익을 좌우한다!

판매를 위한 고객 감동의 60가지 스타일 튜닝 전략

황정선 지음 ㅣ 280쪽 ㅣ 값 15,000원

Color
Image
Tuning

Color
Image
Tuning